Über dieses Buch

Dies sind einige Kurzgeschichten. Sie handeln von Autos, Führerscheinen, Partys die nicht immer gut ausgehen, Teilzeitjobs, Wohnungseinbrüchen, Börsengeschäften, einer Ehefrau die scheitert, einer Tierfabel, wiederum einer vielversprechenden Party und zum Schluss von einem Auftritt der Autorin. Die Titel entsprechen manchmal nicht dem eigentlichen Thema, weil der Kern woanders liegt.

Die Autorin

Erica-Laurence Schneeberg wurde als letzte Tochter eines 4 x verheirateten Schweizers, wieder Wittwer, während dem 2ten Weltkrieg 1944 in Zürich geboren. Die ersten drei Jahre war sie in einem Kinderheim. Sie besuchte die Volksschule. In der 3ten Sekundarklasse flog sie von der Schule wegen sechs Wochen überspannter Sommerferien. Zuerst ging sie ins Welschland als Mädchen für Alles in einer Autobahnraststätte. Dann war sie in Zürich Lift Girl, Photolaborant/in, Bürohilfe, durchlief die Fachklasse für Grafik an der Kunstgewerbeschule mit Diplomabschluss, arbeitete einige Jahre in Werbeagenturen, besuchte in Abendkursen das Konservatorium, erwarb den Gitarrenlehrer-Ausweis. Dann arbeitete sie zuletzt an Musikschulen und da der Lohn nie reichte, als Putzfrau in einer Bank. Sie hatte Auftritte in Italien und einmal mit einem Orchester bei einer Freilicht-Aufführung mit Jörg Schneider. Sie arbeitete bis zuletzt kurz vor ihrer Pensionierung als Musik-Lehrerin in Gitarre, Ukulele, Zither und El Piano/ Keyboard.

Erica-Laurence Schneeberg

Alles ist schwer

Heiteres und anderes

Bibliografische Information der Deutschen Nationalbibliothek: Die Deutsche Nationalbibliothek verzeichnet diese Publikation in der Deutschen Nationalbibliografie, detaillierte bibliografische Daten sind im Internet über http://dnb.dnb.de abrufbar.

©Umschlaggestaltung (xxx)
© Grafiken und Illustrationen: Die Autorin
@ 2019 Herstellung und Verlag
BoD - Books on Demand, Norderstedt
ISBN: 978-3-7528-5715-3

Inhalt   Seite

ges

Vorwort

In diesen Kurzgeschichten kommen ein paar Jahrzehnte zusammen.

Der 1te Teil sind Storys rund ums Auto:
Pirat im Pyjama, 1962. **I Believe in Angels** stammt aus dem Jahr 1978. Die Autorin zeigt auf, wie sie einen Unfall auf einer vereisten Straße verhindert. Sie hat den Tatbestand so echt wie möglich beschrieben. (sehr lehrreich).

Die Autolobby, 2014. **Beschlag:** Sie erzählt aus dem Jahr 2016, wie sie den Führerausweis verlor. Anschließend: **Die Geburtstagsparty, Nach dem Coiffeur, Das Glücksschwein.**

2ter Teil:
Aus 1997 stammt **Sie badete in Milch** und die **Degustantin. Kissen im Mondschein** ist aus 2004.-**Distelfreundschaft** aus 2008, handelt von Börse. **Party** ist aus 2006. **Lohn des Kaninchens** aus 2014. Alles was sie hier beschreibt, hat sie selber erlebt. Ausgeschlossen von diesen sind die drei nachfolgenden Storys von dem Kapitel der Autos- Zwei davon erschienen in der Presse. Das Glücksschwein ist Phantasie.

Die Geschichte vom **Eichhörnchen** stammt aus dem Jahr 1997 und schildert einen musikalischen Auftritt mit ihrem Freund.

Namen sind teilweise geändert.

14 Kurzgeschichten

über Autos, Ausweise, Party, Börse, Tierchen
und Nachbarn

Spannung und Abenteuer in der Vorstadt und
auf Überland

Pirat im Pyjama

Tina lag in ihrem abgedunkelten Schlafzimmer auf dem Pelzüberwurf ihres Bettes. Draußen war helllichter Tag, aber sie musste im Dunkeln bleiben. Schlafen konnte sie nicht mehr, es waren schon zu viele solche Tage vergangen. Tage, und lange Nächte wo sie von einer Autofahrt träumte. Eine schwarze Augenbinde lag schräg über ihrem linken Auge, ausgerechnet diesem Auge mit dem sie sonst gut sah. Das Rechte war das Schwächere. So konnte sie nicht einmal lesen auf ihrem Krankenlager und die Zeit wurde ihr ach so lang. Den Plattenspieler zu betätigen, war zu anstrengend, sie hatte nur ein kleines Radio neben sich, wenigstens das. Dabei sah sie aus wie ein Pirat im Pyjama. Der Augenarzt hatte sie für acht Wochen krankgeschrieben. Zuerst begann das Auge zu tränen, dann rötete es sich rundum, auch im Augapfel, es zeichneten sich bereits rote Äderchen darin ab, und es begann anzuschwellen. Die Diagnose war „Syphilis Augensyphilis"! „Das ist eine ernste Infektion durch Bakterien, damit lässt sich nicht spaßen", sprach der Arzt. „Hatten sie Sex, schon gehabt bei ihrem Alter?" forschte der

Mediziner weiter. „Nein, noch nie", versicherte sie. „Sonderbar", und der Mann schüttelte den Kopf. Nach ärztlicher Vorschrift sollte sie das Bett nicht verlassen und ausschließlich ruhen. Sie bekam Spritzen und Medikamente welche jetzt neben ihr auf dem kleinen Nachttisch lagen und die sie regelmäßig einnehmen musste.

Sie war noch ein Teenager im Jahr 1962. Bald wollte sie die Autoprüfung machen und alles was sie jetzt hinter verschlossenen Fensterläden tun konnte, war das bereits Gelernte der Fahrtheorie, sich immer wieder durch den Kopf gehen zu lassen. Zwischendurch erinnerte sie sich immer wieder an die letzte Autofahrt mit ihrer Bande, an diesen ersten Ausflug inmitten ihrer Freunde. Es war an einem herrlichen und bereits heißen Tag im Frühsommer, als die ganze Bande in einem riesigen Amerikaner-Schiff durch die Landschaft brauste. Die Fenster waren alle offen, auch das Autodach und der Wind blies von allen Seiten durch ihre Haare. Das Auto war pummsvoll. Am Steuer vorne saß Casanova, er war eben aus der Rekrutenschule auf Urlaub gekommen, neben ihm Fredi und sein jüngerer Bruder Edi. Hinten saßen die Mädchen Tina, Juliana und Gina. Das Auto war also mit sechs Backfischen vollgestopft.

Ob das erlaubt war, wussten sie gar nicht und es war ihnen auch egal. So segelten sie unbeschwert dahin. Straßen Kontrollen gab es damals praktisch keine. Sie jauchzten nur vor Freude und machten schräge Witze über ihre Lehrmeister.

Ach, wie sie sich nach diesem Ausflug zurücksehnte, als sie nun allein im Dunkeln lag und es einfach nicht glauben konnte, dass es so enden würde. Und sie dachte angestrengt zurück und erinnerte sich genau. Sie fegten über Landstraßen zwischen Äckern und Bauernhöfen hindurch. Dabei drang ihnen ein unangenehmer Duft von Gülle in die Nase. Es war eben frisch gedüngt worden. Der Gestank drang trotz ihrer rassigen Fahrt durch das ganze Auto, überall hindurch. Zuerst hielten sie sich die Nase zu, dann rief Edi: „Stell mal die Belüftung ab, ich schließe jetzt kurz das Fenster!" Casanova rief zu Fredi: "Mach du es, du kommst besser ran!" Gesagt getan, aber es stank immer noch im Wagen. „Hast du auch sicher die Belüftung abgestellt?" fragte Casanova zurück. Macht wieder auf!" rief Gina. „Hat jemand ein Taschentuch?" fragte jetzt Tina. Es begannen ihr die Augen zu tränen. Casanova rief: "Da, nimm meines, ist zwar nicht mehr ganz frisch." Er reichte es ihr mit einer freien Hand nach hinten. Sie nahm es schnell, dabei machte er einen kleinen Schwenker. „So pass doch auf!" schrien die anderen durcheinander. Aber sie landeten nicht im Straßengraben, auch in keinem Heuhaufen. Tina merkte von allem gar nichts. Sie wischte sich fortwährend die Augen, dann hielt sie das Taschentuch wieder vor die Nase. „Du kannst es jetzt wieder wegstecken, der Gestank ist weg." Meinte Juliana beiläufig. Also sah Tina wieder durch die offene Landschaft und der Wind blies ihnen soeben eine Staubwolke entgegen. Da flog ihr noch etwas ins Auge und sie begann wieder zu wischen und zu reiben an ihrem Sehorgan.

An all das erinnerte sie sich nun in ihrem dunklen Raum und sie überlegte sich, was denn nun der Auslöser ihres Übels war. Waren es die Bazillen der Gülle, war es die Staubwolke, oder am Ende gar das Taschentuch von Casanova? Gerne hätte sie gewusst, ob er auch infiziert war, aber sie konnte ihn ja nicht fragen, denn erstens durfte sie das Schlafzimmer nicht verlassen und zweitens war Casanova gar nicht mehr da. Er war bereits wieder in der Rekrutenschule, wie sie später vernahm. Dieser Hausarrest wurde doch ewig lange, aber langsam besserte ihr Auge. Nach so vielen Wochen entschloss sie sich mitten in der

Nacht, endlich mal ihren Bunker zu verlassen. Sie tappte ins Schlafzimmer ihrer Eltern und vergewisserte sich, ob diese schon schliefen. Nichts rührte sich. Vorsichtig griff sie in die Hosentasche ihres Vaters, welche über einem Stuhl lag. Dabei vermied sie jedes Geräusch. Richtig, sie wurde fündig. In ihren Fingerspitzen fühlte sie etwas aus Metall. Es war der Schlüsselbund. Sie umfasste ihn sorgfältig und zog ihn heraus. Dann schlich sie zur Wohnungstür, sie war noch im Pyjama mit nur einer Jacke darüber, und schlich leise die Treppe hinunter. Dann suchte sie auf dem oberen Weg nach dem Fiat ihres Vaters. Vorsichtig sah sie sich nochmals um. Dann stand sie an der Wagentüre des Autos, das sie so gut kannte. Sie öffnete, setzte sich ans Steuer, betätigte den Anlasser und fuhr los. Erst nach ein paar Metern schaltete sie die Scheinwerfer ein. Vorerst übte sie in der umliegenden Nachbarschaft das Parkieren. In der nächsten Nacht war sie schon forscher und machte bereits kleinere Touren. Wie herrlich war das so ganz allein auf der leeren Straße morgens um zwei Uhr. Ja, damals war das noch anders, es gab einfach viel weniger Verkehr und um diese Zeit gar keinen. Niemand störte sie. Zu ihrer Freude merkte der Vater nie etwas davon. Sie

5

konnte bereits wieder zur Arbeit gehen in das Fotolabor wo sie noch in der Lehre war. Bald darauf wurde sie zur Fahrprüfung aufgeboten, sie hatte praktisch keine Fahrstunden genommen, nur die obligatorischen zwei. Der Vater stellte ihr dazu gutmütig sein Auto zur Verfügung. Sie war sich aber bewusst, was sie für einen lieben Vater hatte und wollte ihn nicht enttäuschen. Es kam der Tag ihrer großen Verantwortung und sie hatte bestanden.

Die Autolobby

Mein früherer Peugeot, Jahrgang 1994 schaffte es nicht mehr an der MFK (Motor-Fahrzeug-Kontrolle) im Jahr 2014. Er fuhr noch sehr gut und war meines Wissens in einem prima Zustand und doch fehlte ihm bei der brutalen Prüfung eine Kleinigkeit, nämlich die Blinker und Scheinwerfer Funktion am Steuerrad wies einen kleinen Defekt auf. Es war der kleine Hebel für die Fernblink-Scheinwerfer-Anlage. Diesen Mangel hatte ich gar nicht bemerkt, da ich des Nachts sowieso nicht mehr fuhr. Ich benötigte mein Auto nur noch tagsüber für kleine Einkäufe und dergleichen. Auch konnte ich damit noch etwas Handel betreiben. Brutal fand ich die Bremsprüfung, ich war selber dabei und saß neben dem Experten. Er brachte den Wagen von null komm plötzlich auf ein rasendes Tempo um gleich darauf wie ein Verrückter auf das Bremspedal zu treten. Ich erlitt beinahe einen Schock und es hätte mich glatt durch die Frontscheibe jagen können. Aber ich war vorbereitet von früheren Prüfungen du wusste zum Glück was da kommen würde. Der Wagen tat sein Bestes. Nur eben dieser kleine Hebel kam auf die Mängelliste. Ich musste damit zu meinem Garagisten und zeigte ihm den schludrigen Wisch. Das Gekritzel war kaum zu lesen und ich erfuhr erst jetzt durch ihn, was los war. Der Experte an der MFK hatte mir gar nichts davon gesagt. Mein Garagist hatte die Opel Vertretung und sein Gelände war voll damit. Er zeigte sich verlegen und sagte er führe keine solchen Bestandteilen. Er rief seinen Sohn, der mir etwas linkisch versprach, ein solches via Internet aufzustöbern. Da beging ich meinen ersten Fehler. Er konnte keines finden aber die Rechnung musste ich dennoch bezahlen. Ich hätte in ein Peugeot -Werk fahren sollen. «Der Wagen ist Schrott», gab er mir zu verstehen. Ich konnte es kaum glauben. Mein Auto sah prima aus, glänzte in dunkelrot mit seinem Schiebedach, den neuen Pneus und der schwarzen Leder-Innen-Ausstattung. «Solche Autos geben wir in den Irak, da haben sie keine solchen Kontrollen, sie werden lediglich als Kriegsautos benützt». Da stand ich nun ratlos im Regen und wusste nicht was tun. «Sie können das Auto dalassen, aber es kostet sie eine Abfallgebühr von CHF 250. Wie sie wollen». Als ich zu Hause ankam stellte ich zunächst meinen Wagen wieder in die Garage, wo er doch immer gepflegt worden war von mir. Ich war schon traurig und ging dann zum Briefkasten. Da fand ich ein kleines Kärtchen mit der Aufschrift:

Hole ihr Auto gratis ab. Bezahle Best Preis.
Komme sofort.

Tel.Nr. 0xxxx , kein Name.

Aber ich wusste mir nicht besser zu helfen, und so rief ich die Nummer an. Es kamen zwei Jugoslawen und handelten nicht lange. «Schrott» donnerte es herab. Ich war schockiert. Der Wagen war doch mindestens noch 1000 Fr. wert. Sie wollten schon wieder abziehen, da hielt ich sie zurück. «Fr.200» fragte ich. Ich war am Ende. Aber sie machten abermals kehrt. «Wieviel Geld habt ihr denn dabei?» fragte ich wütend. Sie kramten etwas in ihren Hosentaschen und es kamen 2 Franken vom dem einen und ein paar Rappen vom anderen zum Vorschein. «Das Auto ist Schrott mit diesen Papieren», sagte jetzt abermals der ältere. So gab ich ihnen das Auto mit und versank in meinem Kummer. Als ich aber 2 Tage später zufällig bei der Opel-Garage vorbei ging, sah ich sie wieder wie sie eben in die nächste kleine Straße abbogen, hinten voll beladen mit ihren Weibern. Ich wurde über den Tisch gezogen, das war mir klar. Die haben diesen

Bestandteil ev. Sogar bei meinem Garagisten gefunden, wo sie eben herkamen. Nun richtete sich meine Wut gegen drei. Aufzählen überflüssig. Meine wunderschöne und sehr bequeme Limousine, ein Automat, hatte ich nun nicht mehr. Es kam mir vor wie ein abgeschnittenes Bein oder wie eine ausgelöschte Funktion im Hirn, wenn ich nun kein Auto mehr fahren könnte. So machte ich mich auf die Suche nach einem neuen Auto. Meine Ausschau auf Ersatz richtete sich diesmal auf etwas Besonderes, wenn schon, es sollte ein Sportwagen sein. Autofahren war nämlich auch ein Sport von mir, zwar ohne Nachtfahrten. Ich hatte noch genug Erspartes für eine Occasion flüssig. Das Budget belief sich wie immer zwischen CHF 3000 – 5000. Ich entdeckte einen roten Kleinwagen, niedrig und formschön, nicht so wie die derzeitigen, gängigen Kartoffeln. Er hatte große Katzenaugen als Scheinwerfer und es war wieder ein Automat. Mein Peugeot hatte Leder-Innenausstattung, dieser nicht, aber es musste nicht sein. Er hatte vier Sitze trotz Sport-Design. Dieses Bijou, ein Hyundai, entdeckte ich in einem Auktions-Portal. Die Japaner haben eben Geschmack und einen ausgesprochenen Schönheitssinn. Der aktuelle Preis stand bei CHF 999.

Sogleich erkundigte ich mich beim Händler, ob der Wagen zu mir gebracht werden könnte. Es war vom Thurgau, aber er bejahte. Sofort habe ich mein Gebot abgegeben und wurde nicht mehr überboten, womit ich eigentlich nicht gerechnet hatte, und bekam den Zuschlag. Ich erhielt dieses Auto das mir so viel Freude bereitete und mich später beinahe in den Abgrund riss. Der Wagen war nicht eingelöst und erschien auf einer großen Ladebrücke vor meinem Haus. Der Autotransporter fuhr ihn vor meine Garage und mein Herz hüpfte vor Freude bei seiner Ankunft. Es war ein richtig kleiner, hellroter Sportwagen, ein Coupe. Er hatte Jahrgang 1997 und bei seiner Ankunft war es das Jahr 2014. Nachts ging ich in die Garage und betätigte einmal kurz den Anlasser, ob er auch anspringt und studierte das Handbuch. Da war aber viel neue Technik dran, von der ich noch nichts wusste. Am nächsten Morgen war die Batterie abgesoffen und ich konnte ihn nicht mehr starten. Ein paar Meter weiter vorne befand sich die Garage und ich marschierte eilig dorthin. Aber der Opel-Mann war nicht zugegen, keiner hatte Zeit und so ging ich zum kleineren Garagisten gleich nebenan. Es war eine Autolackier-Werkstätte. Der Inhaber, ein sehr freundlicher Spanier nahm sich der Sache aber sogleich an und kam mit mir die paar Meter zu Fuß. Nachdem der die Batterie überbrückt hatte fuhr er mit mir eine Proberunde und prüfte die Funktionen. Dabei kam der erste Hinweis: «Die ABS Lampe leuchtet in einem Fort auf». «Was ist das?» fragte ich. «Das ist das Kontrollsystem welches alle neuen Autos haben. Es muss repariert werden». Die Lampe leuchtete immerfort in roten Impulsen und ich musste erkennen, da war ein Defekt. «Können sie das für mich übernehmen?» fragte ich kleinlaut. «Mach ich für sie, aber ich muss dafür in eine Hyundai-Werkstätte. Oder möchten sie selber…» «Nein, nein, bitte ich vertraue auf sie». Villarino, so hieß er, war einverstanden und beschwichtigte mich, dass das schon in Ordnung gebracht werden kann. Ich war wieder erleichtert und froh wie zuvor. So blieb der Wagen einige Tage bei dem Mechaniker. Ich war guter Dinge und schaute voller Spannung immer wieder bei ihm vorbei in seinem dunklen Gewölbe. Seine Garage war das reinste Sammelsurium an Werkzeugen aller Art. Links und rechts schwebten Autos in zwei Meter Höhe über unseren Köpfen, aufgebockt zur Reparatur. Jetzt stand ich auch unter meinem roten Hyundai und

konnte zum ersten Mal unter sein Chassids sehen. Es war voller Dreck und verklebt mit Stroh-
klumpen. Das Auto kam also von einem Bauern.
«Das wird aber eine Arbeit», meinte der Garagist.
«Wir müssen froh sein, wenn nicht zu viel Rost
darunter hervorkommt». Es war dann doch nicht
so schlimm nach dem Abwasch, aber die ganze
Unterseite musste abgekratzt und mit Spezial-
farbe überarbeitet werden. Das dauerte alles in
allem volle zwei Tage. Kein Pappenstiel! Ich
fühlte mich wie bei einem Patienten in der Klinik
und blieb immer eine Ewigkeit dabei und ge-
nierte mich bald. Aber der Spanier war so ein lieber Mensch und störte sich nicht daran. Ich liebte
es in dieser kleinen Garage zu stehen und wäre
am liebsten selber Mechaniker geworden. Ich
glaube der Villarino hätte mich sogar in die Lehre
genommen, wenn ich ein Junge gewesen wäre.
Mit meinem Auto in der Garage studierte ich fleißig im Handbuch. Den Knopf für Airbag brauchte
ich ja nicht, musste bloß aufpassen wo der war,
um ihn nicht aus Versehen auszulösen. Das Tür-
öffnen war mir natürlich genauso wichtig wie das
Scheibenöffnen. Dabei probierte ich noch stolz
den automatischen Fern-Tür-Öffner. Das Wich-
tigste prägte ich mir ein und bald ging es los auf

Probefahrt und ich war überglücklich. Ich fuhr nicht weit damit, nur etwas zum Wald-Park hinauf und übte dort so mancherlei. Wenn ich mal einkaufen ging mit ihm und dabei in etwas Regen kam, polierte ich ihn in meiner Garage wieder trocken. Ich hegte und pflegte meinen Liebling. Mein neues Hobby war: He and I, oder Hi und Ei –auf gut deutsch er und ich, so war es doch, Hyundai. Übers Jahr kaufte ich mir noch einen Elektro-Motor-Roller um kleinere Kommissionen dem Auto zu ersparen. Das sollte am Ende noch mein Glück werden. Ein neues Jahr zog ins Land und ich hatte meinen Wagen noch nie so recht auf Touren gebracht. Ich wartete den Sommer ab und plante diese und jene Reisen. Aber darüber erzähle ich in der nächsten Geschichte, Beschlag.

Beschlag

Es war mittlerweile Hochsommer und es gab viele sonnige Tage, aber auch oft Regen. Ich vertrieb mir die Zeit öfters mit Keyboard spielen und übte manchmal bis spät in die Nacht oder sogar bis in den Morgen. Dabei verschlief ich oft die schönen Tage und mein Auto wartete auf mich in der Garage. Es fraß ja kein Heu. An einem ruhigen Sommerabend, blätterte ich wieder einmal auf der Internetseite des Auktions-Portals wo ich mein Auto gefunden hatte und gelangte auf die Rubrik Instrumente, dann auf Tasteninstrumente. Da stach mir etwas Besonderes in die Augen. Ein Keyboard für sage und schreibe nur 1 CHF. Das Besondere daran war: «Integriert mit Mikrofon» und zwar von der Marke Yamaha! PSR K1, Karaokc, Entertainment Station. Wow, was für ein Zufall, diese Typen kosten doch sonst um die 4-5000 CHF. «Also hier biete ich mal mit und warte was dabei rauskommt», dachte ich. Nach ein paar Tagen war der Preis dann allmählich angestiegen, denn es gab inzwischen einige Mitbietende.

Als der Preis so langsam gegen die sechzig Franken zu steigen kam, meldete sich das Gewissen, das mir einflüsterte: nicht weiter als bis achtzig. Aber der Preis kletterte weiter, und damit die Begierde. Am letzten Auktionstag entdeckte ich, dass es Bieter gab, die dafür die halbe Schweiz durchqueren würden. Es ging in die letzten Minuten, die letzte Runde, und ich bot immer noch mit, als der Preis die Hundert erreicht hatte.

Den von Bern hatte ich ausgestochen, aber ich hatte nun die Strecke Zürich Rorschach vor mir. «Ich werde dann ja schön singen am Keyboard, das gleicht es wieder aus», dachte ich. Dann war die Kugel gefallen und das Instrument gehörte nun also mir, sozusagen; denn nun kam für mich die Frage: «Wie komme ich dahin? Ich müsste eigentlich über die Autobahn». Nur, ich hatte ja keine Vignette und war zudem mit Autobahnen etwas ungeübt geworden. Meinen Wagen brachte ich aber vorher noch schnell zur Kontrolle bei meinem Mech und konnte es am selben Abend wieder abholen. Alles ok.

Die letzten Jahre benützte ich praktisch nur noch die Regionalstrassen. Also nahm ich die Landstraßen Karte vor mich, und begann diese zu studieren, ob ich nicht vielleicht besser einen Umweg, über das Toggenburg- Appenzell machen könnte, denn der gesuchte Ort war nicht etwa direkt in Rorschach, sondern in einer weiteren Ortschaft Richtung Bregenz. «Ach, dies wird auf jeden Fall ein schöner Sommerausflug», hoffte ich. Bis in alle Nacht studierte ich die Karte und notierte mir die verschiedenen Abzweigungen auf einer ausgedruckten Google Mapp. Um nochmals im Handbuch des Hyundai zu lesen war ich schon zu schlapp.

Am nächsten Morgen erwachte ich allerdings etwas müde, nach einer halb durchwachten Nacht. So fasste ich den Entschluss, doch noch schnell eine Vignette zu kaufen, bei der ich aber den vollen Jahresbetrag erbringen musste. Um ca. 9:30 Uhr fuhr ich los via Autobahn. Das Wetter war bedeckt, aber ich hoffte, dass dies an einem Juli Tag wie diesem, sicher bald besser würde, wie immer. Die Fahrt ging gut, überholte wo ich konnte die Lastwagen, fand den Ort ziemlich schnell und war schon um 10:30 Uhr angelangt. Jetzt musste ich noch die Adresse finden und machte ein paar kleine Irrfahrten. Es war ein sehr hübsches kleines Dorf in Nähe vom Bodensee mit schmucken Landhäusern.

Nach etwa einer halben Stunde stand ich mit meinem Auto vor dem gesuchten Haus, und die Verkäufer standen schon davor, am Weg zur Einfahrt und hatten schon das Keyboard unter dem Arm, und wollten es mir schon so auf der Straße überreichen. «Die haben es aber eilig», dachte ich. «So nicht», rief ich aus dem offenen Fenster. «Bitte führt mir doch mal schnell das Instrument vor». Die Leute waren sichtlich verärgert als ob sie keine Zeit verlieren könnten. «Sowas mit mir, bei meiner langen und für mich herausfordernden Fahrt». Schließlich wurde ich doch noch in ihr Haus eingeladen und die Ware erwies sich als ok.

Als ich wieder abfuhr ging es gegen Mittag und meine Blase meldete sich. Vor der Auffahrt zur Autobahn, machte ich einen kurzen Halt hinter einem Lagerhaus, und pisste in ein Glas, welches ich für solche Notfälle stets bei mir hatte. Als ich wieder losfahren wollte, hatte sich das Steuerrad blockiert und ich konnte nicht mehr starten. Die Ursache war mir ganz unverständlich, und ich schaute mich in der Gegend um. Das war ein Omen.

Hinter mir sah ich die Gebäude des Straßen Verkehrsamtes. «Welch ein Glück», dachte ich und lief schnell zu den Lagerhäusern um Hilfe zu holen. Die fand ich dann auch. Ein Mann kam mit mir zu meinem Wagen und entriegelte im Nu das blockierte Steuerrad. «Vielen Dank, rief ich, wissen Sie, es ist doch schwer genug auf einer Autobahn von Zürich hierher zu fahren». «Alles ist schwer», war seine knappe Antwort.

Dann fuhr ich endlich los auf die Autobahn. Dabei begann es allmählich leise zu regnen. «Ach, kein so schönes Fährtchen, wie ich gehofft habe, jetzt nix wie los nach Zürich». Der Regen wurde stärker und meine Sicht durchs Fenster wurde schlechter. Ich suchte nach einem Tuch. Aber ich konnte nicht lange suchen, hätte auch keines gefunden. Ich war schon zu sehr auf die Straße fixiert. Hätte ich doch nur irgend Jemand neben mir gehabt. Aber ich war allein. Der Himmel verfinsterte sich zusehends in ein bleiernes Grau. Angestrengt guckte ich auf die Fahrspur. Die Sicht wurde noch schlechter, ganz trübe, am schlechtesten, es regnete bereits in Strömen und ich bekam so langsam Scheibenbeschlag. Die Riegel an der Klimaanlage schaltete ich mal nach links, auf kalt. Jetzt wurde ich schon von manchen überholt. «Wie die das wohl machen?» fragte ich mich.» Haben denn die nicht auch Mattscheibe, Scheibenbeschlag?»

Ich hielt nur noch mit einer Hand das Steuerrad, die andere hatte ich vorn auf der Front Scheibe und wischte unaufhörlich ein Stück freie Sicht, so gut das ging. «Durchhalten, das ist eben Autobahn mit Regen an einem gewittrigen Sommertag». Langsam war das nicht mehr normal. Es schüttete wie ein Sturzbach und spritzte unter den Rädern. Ganze Wassermassen prasselten gegen die Scheibe und aufs Dach.

Vor mir war ein Lastwagen, und an den hängte ich mich verzweifelt an, er als Lotsen, sozusagen. Immer den vor mir festhalten, so konnte ich die Spur nicht verfehlen, wenn ich diese ja auch nur noch durch das freigewischte Loch sehen konnte. Meine Hände schmierten auch schon den Schweiß auf die Scheiben, was zusätzlich die Sicht vernebelte. «Könnte ich auf eine Ausfahrt bei diesem dichten Verkehr?» Mit Schrecken stellte ich fest, dass ich kaum mehr durch die Scheibe rechts von mir sehen konnte. Auch auf der Heckscheibe wurde es langsam undeutlich. Immerhin sah ich die vielen Autos hinter mir. Einige überholten, andere zweigten ab. Ich erinnerte mich, dass ich auf der Hinfahrt heute Morgen, eine Autobahnraststätte flüchtig gesehen hatte. Ich versuchte, danach Ausschau zu halten, aber der Verkehr war zu stark. Hinter mir, links und rechts von mir, und ich konnte ja nur noch für den Bruchteil einer Sekunde die Augen von der Fahrspur lösen. Die Tafel für den Hinweis zur Raststätte sah ich noch, aber in meiner Angst verpasste ich diese prompt. Angst hatte ich vor allem auszusteigen. Denn hier wo alles so unübersichtlich und hastig zuging hätte ich leicht überfallen werden können. Nun ließ sich auch schon einiges Hupen vernehmen. Weiter, durchhalten war meine eiserne Devise. Immer schön hinter einem Lastwagen her. Die Tafeln hoch über mir erschienen: «St. Gallen, weiter, Wil, -Fuß aufs Pedal, Aatal,-vorwärts Winterthur» Die konnte ich gut erkennen unter den Schauern von Regenspritzern, nicht verfehlen und bald sah ich «Zürich». Jetzt nur nicht weich werden. Das durfte ich während meinem Spiel am Keyboard auch nicht. Es gab aber etliche Ausfahrten, die ich jetzt alle ignorierte. Ich hielt mich fest an der Ferse des Lasters. Kurz vor Zürich gewahrte ich eine Tafel, beschriftet mit «Affoltern». Meine Nerven waren schon etwas strapaziert. «Sehr gut, die nehme ich». Ich bemerkte aber vor lauter Stress nicht, dass diese nicht «Neu-Affoltern» hieß. Diese Spur führte zum Gubrist. So folgte ich also der falschen Tafel, weil ich die

Strecke so noch nie gefahren war, und somit nicht kannte. Da war eine öde Landschaft vor mir die ich so noch nie gesehen hatte. Stimmt was nicht? Jetzt verließ mich auch noch zu allem Unglück der Lastwagen vor mir und bog in eine Ausfahrt, sodass ich nun von jetzt an allein auf mich angewiesen war. Mein kleines Guckloch in der Scheibe war immer schmutziger, und ich konzentrierte mich nur noch auf den weißen Strich ein paar Meter vor mir. Der Regen prasselte unerbittlich gegen die Scheiben. «Weiter, Irgendwann muss doch dieser Regen mal aufhören, ich befinde mich ja wie in einem Aquarium». An der Scheibe rechts lief der Tau herunter, was mir wieder etwas Sicht ermöglichte.

Da sah ich auch ein kleines Auto, stehend, mit zwei Männern drin. Die Sicht war nach wie vor schlecht. Einer winkte mir zu und ich dachte:

«Die haben wohl auch Probleme, oder wollen die mich gar kidnappen? Wenn ich dort hinfahren würde und ausstiege, könnten die mich glatt überfallen, fesseln und mit meinem Auto wegfahren». Es war sonst niemand mehr auf der Bahn. Alles schien wie ausgestorben oder wie an einem langweiligen Sonntagnachmittag. Also fuhr ich in großer Angst weiter. Das Auto war ja auch komisch, viel zu klein für die beiden großen Männer. Die schlugen mit dem Kopf beinahe an ihrem Dach an. Nein, nein, weiter und immer schön auf die Spur aufpassen. Mehr konnte ich nicht tun.
Jetzt kam aber eine ganz andere Hürde, nämlich eine Baustelle. Es war die Erneuerung zum Gubrist, noch beim Katzensee. Kaum wusste ich noch ob ich jetzt auf der richtigen Spur wäre. Orange oder weiß, was ist jetzt richtig? Ich war mir nicht mehr sicher ob die orange Spur nun links oder rechts sein sollte und wechselte deshalb ein paar mal. Und unaufhörlich prasselte der Regen auf meine Frontscheiben. Hier fuhr kein Auto mehr, niemand war mehr bei dem Regen unterwegs. Ich hatte nur noch Tempo 30. Da

überholte mich der kleine graue Wagen von vorhin, und ließ eine Leuchtschrift aufblinken am Heck:

«Bitte folgen». «Aha, jetzt kommt endlich Hilfe», dachte ich.

«Das ist ja die Polizei», schoss es mir durch den Kopf. Aber es kam nicht die erhoffte Hilfe, nicht dein Freund und Helfer, sondern als ich dann ausstieg, war ich meinen Ausweis los. «»Führerschein bitte». Sie bekamen ihn. «»Die werden schon Verständnis haben», hoffte ich, leider vergebens.

Das Billet blieb für mein Leben lang verlustig. ich hätte eine verkehrsmedizinische Untersuchung über mich ergehen lassen müssen, mit einer Gebühr von 1500 CHF. «Zusätzlich könnte eventuell noch eine psychiatrische Einvernahme stattfinden von CHF 3000, Führerflucht!», spitzelte ein Polizist. Wie sollte ich denn zuvor erkennen, dass das die Polizei war, die Männer waren in Zivil.

Ein Monat später, Mitte August erhielt ich die Verfügung der Sicherheitsdirektion des Straßen Verkehrsamtes. «Verzicht auf den Führerausweis». Der schönste Teil der Sommerzeit war bereits nutzlos verstrichen und ich war wie erschlagen. Natürlich gab es da einige Telefonate. Ich konnte die Sache nicht einfach ohne Weiteres auf mir beruhen lassen. Ich fand mich immerhin im Recht und unschuldig. Was konnten die denn wissen, wie gern ich Auto fuhr. Ich hatte ja keinen Schaden verursacht, mir nicht – dem Auto nichts und niemandem. Der Chef der Sicherheitsdirektion entpuppte sich alsbald als Brüller. Zuerst sprach er mir freundlich und heuchlerisch zu, es sei das Beste für mich, auf den Fahrausweis zu verzichten. Darauf verlangte ich eine persönliche Audienz, sozusagen von Auge zu Auge. Aber er wollte davon nichts wissen. «So seien sie doch vernünftig Herr Kaiser», er hieß aber nicht so, es hatte bloß den ähnlichen Wortlaut. Aber damit ließ er sich nicht erweichen und er wollte nichts davon wissen. Mein Auto stand also seither ständig in der Garage und er gab mir im Offizierston den Befehl, dieses nicht mehr zu bewegen, es nicht einmal vor die Garage zu fahren, nicht einmal den Anlasser zu betätigen. Dabei gab es vor der Garage noch einen großen Vorplatz und das war noch lange nicht die Straße, wofür er zuständig war. Nun hatten wir aber gerade zu dem Zeitpunkt eine Renovation in und um unser Haus. Auf dem Vorplatz zur Garage gab es zudem einen Rohrbruch. Das Pflaster musste aufgerissen werden und es wurde der freie Zugang zu meiner Garage verlangt. Ich öffnete diese und die Pressluftbohrer begannen ihr Werk. Die Garage musste tagsüber geöffnet bleiben, weil da die Abflussdeckel zu den Rohren liegen. Die Pressluftbohrer erdröhnten, und bald war mein Auto voller Staub. Der Zugang zu den Abflussdeckeln war zu knapp an meinem Auto und es musste hinausgefahren werden. Ich fühlte schon die Schamröte in mir hochsteigen, als ich einem Straßenarbeiter die Schlüssel zu meinem Auto gab, mit dem Vorwand, dass ich Schmerzen im Fuß hätte. Zuerst übernahm er dies. Aber als er am nächsten Morgen nicht da war, musste ich es selber tun. Es standen nur Hilfsarbeiter ohne Fahrausweis herum.

Als ich dies dem angeblichen Kaiser meldete und ihm die Situation erklärte, brüllte er mich an wie ein wild gewordener Löwe und schrie ich dürfe den Wagen nicht selber bewegen. «Ich hatte keine andere Wahl», sagte ich ihm, da wurde er total verrückt. «Ich sage es ihnen nun zum letzten Mal, das ist ein Befehl!» Einen Moment hielt ich die Hand über die Hörmuschel. Das wollte ich mir nicht gefallen lassen. Ich kam mir vor wie ein Rekrut auf der Kaserne, dem man Strafexerzieren auferlegt hatte. Er gebärdete sich wie der Unteroffizier, der die Soldaten trimmt und schikaniert. Vermutlich kam er soeben aus einem WK und was er dort war hätte ich auch noch gern gewusst. Ich konnte kaum mehr ein vernünftiges Wort mehr mit ihm sprechen.

Aber ich stellte ihm dennoch die Frage, wie ich es denn anstellen sollte bei einem Autoverkauf. «Das ist noch schlimmer, das dürfen sie nicht», tobte er. Vielleicht rechnete er mit einer Gerichtsverhandlung, also musste das Beweisstück dableiben. Das kam mir derzeit nicht in den Sinn, und ich wusste nicht wie er das meinte. Das hatte mir gänzlich die Stimme verschlagen, ich brachte keinen Ton mehr raus, ich hechelte und rang nach Atem, da legte er auf. Ich war ratlos. Einen Anwalt konnte ich mir nicht leisten und wollte auch nicht. An allem hatte das Keyboard Schuld, wäre ich nur nicht hingefahren. Selber Einsprache erheben und Rekurs erheben war kostenpflichtig, so stand es in der Verfügung. Gegen diese Straßen Lobby war ich machtlos und so blieb ich das Opfer. Auf das tiefste gekränkt und beleidigt konnte ich nächtelang nicht mehr schlafen.

Als ich den Fall meinem Garagisten, dem Villarino erzählte, war er schon verblüfft: «Das Gelände da vorn, bei der Überbauung ist vollkommen unübersichtlich, und sie waren zudem im Regen». Auch seinem Vater sei der Brief entzogen worden und es sei für ihn wie ein amputiertes Bein das immer noch schmerzt, weil die Funktion noch im Gehirn vorhanden ist. Aber es sei noch schlimmer, sein Hirn fuhr Auto, aber er konnte ja nicht und so bekam er Zuckungen im Fuß. «Er lebt in Spanien und kann mich nicht mehr besuchen», fügte er traurig bei. Sie wissen nicht was sie den Leuten antun. Ein Verkehrsteilnehmer bleibt immer ein solcher, aber sie meinen sie könnten die Menschen in die ÖV pressen. Aber einer der sein Leben lang nur Auto gefahren ist wird sich darin nicht wohl fühlen und nie damit zurechtkommen.

Neben Villarino's Werkstätte war der Opel-Garagist der früher für meinen Peugeot zuständig war, und so wendete ich mich auch noch an ihn um Rat zu holen. «Gehen sie an diese verkehrsmedizinische Prüfung, sagen sie ich mache es nicht mehr, es tut mir leid, es soll nicht mehr vorkommen», so meinte er und wollte gleich weiter. «Aber ich habe ja gar nichts getan, wie soll ich sagen ich mache es nicht mehr» rief ich empört. «Ich fühle mich unschuldig, was habe ich denn verbrochen?» «Nichts». Ich lief weg, das gab alles keinen Sinn.

Das Keyboard hat mich 100 Franken gekostet und mich um den Ausweis gebracht. So teuer kann ein Tastenspielzeug werden! Später ging ich doch noch zu dem Gebäude der verkehrsmedizinischen Abteilung an der Kurvenstrasse. Das ausgefüllte Formular hatte ich bei mir für den Prüfungstermin. Es kam gerade jemand aus dem schwer gesicherten Trakt heraus, sodass ich schnell hineinschlüpfen konnte. Mit dem Lift fuhr ich in die 3te Etage, so auf Geratewohl. Ich landete in der Richtigen. Oben, an der Rezeption angelangt kam sofort eine Angestellte auf mich zu, mit der Frage: «Suchen sie etwas?» Grimmig war mein Herz. Ist ja hochmodern hier, und im Trockenen! «Ja, ich suche etwas, Gold!» antwortete ich kurz und verschwand die Treppe abwärts auf Nimmerwiedersehen. Sollte ich mir etwa noch eine infizierte Nadel in den Arm stecken lassen?
Zum Schluss muss ich aber doch noch beifügen, dass mein Auto eine prima Klima-Anlage hatte. Als der Polizist nämlich ans Steuer ging, ich durfte

ja nicht mehr fahren, schaltete er einfach einen kleinen Knopf der Klimaanlage ein, und der Belag auf den Scheiben war wie durch Zauberei weg. Hochverblüfft und fassungslos rief ich: «Ist das alles? Oh ich habe nicht gewusst, dass es den Knopf überhaupt gibt!»
Villarino hatte aus mir unerklärlichen Gründen, bald darauf seine Garage aufgegeben und zog wieder nach Spanien zurück.

Mein roter Hyundai, den ich schließlich verkaufte, wollte sich nicht von mir trennen, denn sonst hätte er das Steuerrad bei dem Straßen Verkehrsamt am Bodensee nicht blockiert. Er hat mich geliebt. Aber es hat den Göttern nicht gefallen.

Die Geburtstagsfeier

Die andere Art wie man seinen Ausweis auch noch verlieren kann erzählt, so unglaublich es erscheinen mag, folgende Geschichte:

Eine Frau gab ein Gartenfest vor ihrem Haus. Sie feierte eben den 70gsten Geburtstag. Alle ihre Freunde waren gekommen und viele andere Gäste waren zusätzlich eingeladen. Farbige Lampione waren zwischen den Bäumen aufgehängt und beleuchteten eine wundervolle Stimmung. Es gab ein Büffet auf einem langen Tisch, der war weiß überzogen, und reichlich mit Aperos, Flaschen mit Weinen aus dem Burgund, speziell den Mittelheimer Spätburgunder mit allerlei Gläsern und mit leckeren Sachen bedeckt. Kuchen, Terrinen, Pasteten und Brezeln, nichts fehlte. Es gab sogar eine kleine Tanzfläche. Die Gesellschaft erschien in Abendkostümen, die Damen mit langen bunten Cocktailroben, die Herren mit Veston mit Krawatte. Es war ein herrlicher Sommerabend. Gegen zehn Uhr war die Party so richtig im Schwung und das Fest fand seinen Höhepunkt. Es wurde gelacht, getrunken und es ging auch sonst laut zu und her. Einer fing sogar an zu singen. Es waren natürlich Schlager der älteren Generation: «*So ein Tag, so wunderschön wie heute, der dürfte nie vergehn*». Jung und Alt war versammelt, ja die Kinder waren sogar gekommen. Die Jubilarin trank natürlich hemmungslos von dem köstlichen Wein den sie immer gut vertragen konnte. Hätte einer bemerkt sie wäre betrunken, so musste man ihn Lügen strafen. Die Dame war geeicht. Trunkenheit konnte man ihr nie ansehen. Sie trank natürlich auch weil sie den Gästen dauernd zuprosten musste, und sie wollte keinen auslassen. So war das eben ein fröhlicher Haufen und der Abend hätte nicht schöner sein können. Zur Musik, welche aus kleinen Lautsprechern ertönte, wurde fröhlich getanzt.

Auch sie war ständig aufgefordert aufs Parkett. Dies alles gefiel aber der bösen Nachbarin nicht, die zuvor noch unten auf der Tanzfläche herumstand und dabei etwas zu kurz gekommen war. Sie eilte wieder zu ihrem Haus, zu ihrem Schlafzimmer hinauf und sah hinter den Vorhängen auf das fröhliche Treiben hinunter. «Der werde ich es zeigen, das werde ich ihr heimzahlen», so grollte sie und der Neid fraß an ihr. Um elf Uhr nachts alarmierte sie die Polizei wegen Nachtruhe Störung.

Dies ist so ein Gesetz in der Schweiz, vielleicht auch in Deutschland, dass nach 23 Uhr kein Lärm mehr gemacht werden darf und bei Überschreitung die Polizei auf Anforderung anrücken muss. So geschah es denn auch, dass etwa zehn Minuten nach dem infamen Telefon, die Wachtmänner gleich zu zweit erschienen. In ihrer Uniform drängten sie sich durch die Gesellschaft. Sie stellten die Dame des Hauses, welche sich darüber sehr wunderte.

«Was ist denn los?» fragte sie unschuldig. Die Polizisten erklärten ihr, eine Nachbarin hätte sich wegen Lärm beschwert, und das gäbe in jedem Fall eine Busse. Sie lachte nur kurz auf. Des

Weiteren wurde sie aufgefordert am nächsten Morgen um acht Uhr auf dem Posten zu erscheinen. Man gab ihr einen schriftlichen Aufforderungsbefehl mit dem Hinweis, dass die Zeit unbedingt eingehalten werden müsse, ansonsten sie noch eine zusätzliche Strafe zu gewärtigen hätte.

Das Fest war jetzt gehörig vermiest, und die anwesenden Gäste verabschiedeten sich alsdann mit großem Bedauern vorzeitig. Die Hausdame konnte es kaum fassen. Was es doch für böse Menschen gibt, Sie sah zu dem verdächtigen Fenster des Nachbarhauses hinauf, wo sie einen sich leise bewegenden Vorhang vermeinte. Erst jetzt bemerkte sie, dass die Nachbarin fehlte und nirgends mehr zu sehen war. Neid, purer Neid. Es half ihr wenig und mit dem Ärger, den sie nun hatte, konnte sie in dieser Nacht kaum schlafen.

Die Gastgeber hatten ihr Haus etwas außerhalb der Ortschaft, welche sich in der Innerschweiz befand, Dennoch machte sie sich frühzeitig bereit und fuhr mit ihrem Auto auf den Wachtposten, den sie auch pünktlich erreichte. Noch zur frühen Morgenstunde betrat sie das Polizeirevier. Ihr war nicht recht wohl und sie fröstelte in der kalten Umgebung. Sie sah sich etwas um in dem unfreundlich beleuchteten Saal und musste etwas warten, aber nicht sehr lange. Das hatte seinen guten Grund. Zuerst verlangte man ihre Ausweise. Dann führte sie ein Assistent in ein kleines Nebenzimmer. Nach der Anmeldung musste sie einige Formulare ausfüllen, dann wurde an ihr sogleich ein Bluttest durchgeführt. Und ei, der tausend, sie hatte klar zu viele Promille. Jetzt musste sie wieder warten, bis ein griesgrämiger Polizist sie abholte. Sie überlegte, ob sie einen Anwalt anrufen sollte. Mit gestochenen Augen sah sie der Polizist feindselig an und risss das Maul auf: «So sind sie also noch Auto gefahren mit ihrem Schwips», donnerte er drauflos. «Ja aber», stammelte sie: «Das ist doch noch von gestern, und Ich sollte mich doch um acht Uhr bei ihnen melden!» «Sie hätten eben ein Taxi nehmen müssen!» höhnte der Angestellte. «Daran habe ich nie im Leben gedacht, ich bin doch nicht betrunken!» Sie musste sich an der Theke festhalten. «Suchen sie jetzt keine blöden Ausreden, ihr Vergehen sollte ihnen doch spätestens jetzt langsam zu Bewusstheit kommen». Während er versuchte sie anzustieren, wich sie seinem unangenehmen Blick aus und sah zur Decke und holte tief Atem. Jetzt kam er zum Geschäftsteil:

«Nun haben sie die Wahl, sich noch einer verkehrsmedizinischen Untersuchung zu unterziehen, und eine Busse wegen Trunkenheit am Steuer von 3000 Franken zu bezahlen. Ihren Ausweis müssen sie jetzt aber sofort abgeben. Den bekommen sie dann eventuell, wenn alles gut läuft, nach ein paar Monaten wieder zurück. Sie haben die Wahl, sie können jetzt gleich auf ihren Führerschein verzichten, dann bleibt ihnen nur noch die Busse wegen Nachtruhestörung und die andere zu bezahlen und sie brauchen auch keine weiteren Untersuchungen mehr», tobte der Polizist. Die Dame war außer sich:

«Hören sie mal, diese Busse ist unangemessen, völlig überrissen!". „Wie, was sagen sie da?". Sie wollte nicht darauf eingehen: „Wir wohnen auswärts, weit oberhalb, und sind auf ein Fahrzeug dringend angewiesen! Auch kann ich meinem Mann so noch zu Hilfe kommen, bitte haben sie doch etwas Verständnis.» «Das ist nicht meine Sache», meinte kühl der Beamte. »Die Bushaltestelle ist sehr weit von unserem Haus entfernt mehr als zwei Kilometer, das hat ja keine Zukunft!» schrie die Dame. «Gehen sie jetzt, ich habe noch anderes zu tun, oder soll ich ihnen noch ein Verfahren anhängen?» war seine letzte spitze Bemerkung. «So hören sie doch», aber er hörte sie nicht mehr. »Das ist Hass, das ist Jagd auf die Autofahrer über siebzig, oder ist das der Krieg und Kampf der Jungen gegen die Alten? Wie soll man da noch die Jungen lieben?» Sie schwatzte und schimpfte in einem fort. Der Beamte war schon nicht mehr im Zimmer.

Nach dem Coiffeur
(Nachempfunden aus Nachrichten der Presse)

Eine weitere Episode ergab sich bei einer Strassenkontrolle: Eine Dame wurde angehalten welche soeben vom Coiffeur zurückkam.

In einem noch sehr ländlichen Dorf wartete ein grünes Cabriolet auf dem Vorplatz des Coiffeursalons auf Susi. Sie hatte soeben das letzte Finish erhalten, guckte zufrieden in den Spiegel der ihr rundum hingehalten wurde und rutschte eilig vom Stuhl hinunter. Sie begab sich zur Kasse und fischte aus ihrer Handtasche ihr Portefeuille hervor um mit grossen Noten zu bezahlen. Im Nebenfach lagen allerlei Papiere. Nachdem sie bezahlt hatte schob sie dieses wieder hastig in die Handtasche, so meinte sie jedenfalls. Die Sitzung hatte über drei Stunden gedauert, und sie musste sich nun beeilen um noch rechtzeitig an ihren Arbeitsort zu gelangen. Sie fühlte sich glücklich mit ihrer neuen Frisur und trat aufgemuntert auf das Gaspedal und zwar rassig. Sie hatte jetzt wieder neue starke Dauerwellen und hatte sich noch blondieren lassen. Ein wohltuender Duft der speziellen Parfüms der Friseure, umsäuselte ihren Kopf während ihrer Fahrt.

Von weitem sah sie schon ihr Dorf und näherte sich allmählich den Verzweigungen und den Ampeln. Immer wieder sah sie auf ihre Uhr um sich zu vergewissern, ob sie noch rechtzeitig ankommen würde. Noch reichte es, aber es wurde langsam knapp. Dann stand sie in einer Schlange vor der ersten Kreuzung mit Ampeln und wünschte nichts als grün herbei. Sie guckte mal nach vorn, denn es ging nicht vorwärts. Jetzt gewahrte sie zuvorderst beim Blinklicht eine Strassenkontrolle. Soeben wurde der vorderste Wagen zum Nebenstreifen herausgefahren und abkommandiert, wo sich die Verkehrsmänner zur Fahrertür neigten. Das ging ja eine Ewigkeit. Sie überlegte schon, ob sie ausscheren und umkehren sollte.

Doch dann ging es vorwärts und sie war an der Reihe. Ein Polizist trat auf ihre Fahrerseite zu. Sogleich wurde sie von ihm aufgefordert, den Ausweis herzuzeigen. Sie kramte in ihrer Handtasche nach dem Portefeuille und konnte es vor lauter Aufregung nicht finden. «Warten sie einen Moment, ich habe es gleich». Aber sie hatte es nicht. «Hören sie, ich kann den Ausweis im Moment nicht finden, ich bringe Ihnen den sogleich, sobald ich ihn gefunden habe auf den Posten, aber ich muss jetzt so schnell wie möglich zur Arbeit, sonst komme ich zu spät». «Aussteigen» befahl der Polizist in harschem Tonfall. Jetzt überlegte sie fiebrig wo ihr Portefeuille sein könnte in dem auch der Führerausweis steckte. Da schoss es ihr blitzartig durch den Kopf: Der muss noch im Salon sein, vorne auf dem Brett, bei der Kasse, wo ich bezahlt habe. Vermutlich ist der gar nicht in die Handtasche gerutscht, es kann nicht anders sein, so dachte Susi.

Die Kontrolle nahm ihren Fortlauf. Jetzt wurde sie aufgefordert in ein Röhrchen zu blasen. Das Ergebnis war: Zuviel Alkohol, über 1,8 Promille.

Nun ist es so, dass die Lotionen und Tinkturen der Behandlung für Dauerwellen und Blondieren nebst Ammoniak, sehr viel Alkohol in sich haben. Die Berührung der Kopfhaut ist nicht unbedeutend, die ist da speziell aufnahmefähig. Dies könnte auch der Grund sein, dass nach einem solchen Coiffeur Besuch die Stimmung des Kunden sehr angehoben ist. Wie dem auch sei. Auf frischer Tat ertappt ohne Ausweis und mit dem Ergebnis der anschliessenden Blutprobe, musste die noch junge Dame mit dem Schlimmsten rechnen und sie bekam eine Busse. Die nette und hilfsbereite Coiffeuse fand das Portefeuille bald nach dem die Kundin den Salon verlassen hatte. Sogleich telefonierte sie an den Arbeitsplatz von Susi und gab in deren Abwesenheit den Fall durch. Dann rief der Arbeitgeber auf dem Polizeiposten an. Susi war jetzt auch dort. Als sie die Nachricht hörte, schöpfte sie noch Hoffnung auf

mildernde Umstände. Aber umsonst. Der Führer-
scheinentzug war auf zwei Jahre befristet. Die
Dame empörte sich masslos, aber sie konnte sich
nicht wehren. Alles sprach gegen sie, obschon sie
anschliessend den Führerschein, er steckte jetzt
in ihrem Briefkasten, sofort auf den Posten
brachte. Den musste sie sofort abgeben.

Betrübt verliess sie das Polizeibüro und ging vorerst in ein nahes gelegenes Strassencafé und
raufte sich die Haare. Die schöne neue Frisur war
hin. An diesem Tag konnte sie nicht mehr zur Arbeit gehen. Auch sie war auf ihr Auto angewiesen, denn sie wohnte sehr abgelegen. Das Auto
blieb vor dem Polizeigebäude und wurde später
abgeschleppt. Und die Spesen nahmen ihren Anfang. Man liess sie zu Fuss, oder wie auch immer
nach Hause gehen. Das wollte sich die Dame
nicht gefallen lassen und sie erhob Klage, erst mal
beim Friedensrichter. Sie fiel durch. Sie ging auf
ein höheres Gericht, dann bis vor die Bundesan-
waltschaft und blätterte mit all den Gerichtskos-
ten, den Verhören und den Spesen und ihren Ar-
beitsausfällen mehr als 30'000 tausend Franken
hin.

Sie verlor permanent und ist bis heute ohne Führerschein. War das Jagd auf die Blondinen? War
es ihr aufreizendes Auto, das grüne Cabriolet?
Niemand weiss das. Ein Bekannter, dem sie ihr
Los klagte meinte: «Wenn man dem Polizisten
den Führerschein aushändigt, muss man immer
eine Hunderter Note hineinlegen». Sie lachte:
Den hatte ich eben nicht und ich wäre noch wegen Beamtenbestechung gehangen!»

Das Glücksschwein

Hören sie zum Schluss der Führerausweis Ge-
schichten noch folgende Story, welche etwas anders endete. Geräusche wie quietschen und quie-
ken können verschiedene Ursachen haben. Bei
einem Mann, der in rasendem Tempo übers Land

fuhr quietschte es eigenartig. Das waren aber nicht seine Bremsen und der Motor war es auch nicht, oder vielleicht der Vergaser? Sie werden es vielleicht jetzt schon erraten.

In einer ländlichen Umgebung, kurz vor einer Ortschaft, überfuhr dieser junge Mann auf einer wenig befahrenen Strassenkreuzung das Rotlicht. Auf der anderen Seite warteten bereits die Polizisten. Sie erhoben die Kelle und forderten den Fahrer auf, anzuhalten. Seiner Schuld bewusst tat dieser das auch unverzüglich. In ein paar Meter Entfernung rief ihm ein Polizist zu er solle aussteigen. Der Fahrer öffnete ein wenig das Fenster zu seiner Seite und rief: «ich bin aber sehr in Eile, warten sie einen Moment!». Dann stieg er aus und eilte auf den Wachtmann zu:

«Hören Sie, ich muss sofort zum Tierarzt, machen sie bitte nicht lange!» «Was zum Kuckuck wollen sie denn beim Tierarzt, sie sehen ja ganz gesund aus, haben sie sich etwa in der Nummer verwählt?» «Bitte, das ist kein Spass, ich kann nicht lange warten, ich muss mit dem Schwein meiner Frau zum Tierarzt!» «Sie fahren mit einem Schwein, wo ist es denn? Öffnen sie den Kofferraum! « «Nicht nötig, es ist gleich neben mir, wissen sie, meine Frau liebt so sehr die Schweine?» «Das hätte man ihnen ja gleich ansehen können! Jetzt zeigen sie mal ihren Ausweis her, ein bisschen plötzlich!» «Da müssen sie schon warten oder mitkommen, er ist im Handschuhfach».

Der Polizist stürmte mit ihm zum Wagen, welcher wieder verschlossen war, nur das Fenster war noch halb offen. Inzwischen schloss ein anderer Personenwagen hinter ihnen auf. Als der Fahrer den Vordermann erblickte, stieg er aus und ging auf diesen zu. «Hallo Herr Meier, der sind sie doch, sind sie nicht der mit den Hühnern?» Gehen sie zurück und warten sie gefälligst», befahl der Bulle. «Ich möchte ja nur ein paar Eier kaufen», rief der andere. Jetzt kam der Polizist langsam ins Schwitzen. «Ja sagen sie schon, haben sie auch noch Hühner?» «Ja ich habe welche, wieso? Ich habe Hühner und meine Frau hat die Schweine», rief der Meier entnervt. «Das Schwein ist sehr krank, es hat den Durchfall, bleiben sie etwas hinter mir». Aber der Beamte wollte nicht wie ihm geheissen, sondern er drängte mit dem Kopf zum offenen Wagenfenster hinein und sah das Ferkel auf dem Nebensitz.

Dies lag in einer Plastikzeine und grunzte und quickte ängstlich. Es lag in seinem Kot und das ganze Wageninnere stank fürchterlich. Der Polizist hielt sich angeekelt die Nase zu. Die umliegenden Äcker waren vor ein paar Tagen frisch gedüngt worden, aber was ihm hier in die Nase stieg, übertraf alles. Der Mann hinter ihm hatte sich wieder in sein Auto verkrochen und wartete. Der Fahrer kramte umständlich am Handschuhfach herum, um den Ausweis hervorzuholen, aber als er sich umdrehte und diesen dem Wachtmann vorzeigen wollte, war der schon in einiger Entfernung und rief ihm zu: «Behalten sie ihren Ausweis und machen sie, dass sie hier wegkommen so schnell sie können, und fahren sie weiter. Viel Glück!»

I Believe in Angels

Es war wieder einmal Winter geworden, die beliebte Schokoladenzeit, und mein Mustang stand im Freien auf seinem Parkplatz auf der hohen Promenade in der blauen Zone. Er war schon einmal mit etwas Schnee bedeckt worden, aber ihm fehlte nichts. Mit vielen anderen Autos neben ihm war er in bester Gesellschaft. Er startete genau so gut wie vorher und hatte neue starke Batterien, nur mit mir stimmte etwas nicht so ganz. Ich sollte wieder einmal zum Zahnarzt. Zu dieser Zeit waren leider alle Zahnärzte in Zürich bis über eine Woche ausgebucht.

Es war im Januar, 1978, als ich in Stein am Rhein, DE, einen neuen Zahnarzt fand und bekam sofort einen Termin. Unten in der Stadt war der Schnee bereits wieder geschmolzen, die Straßen waren wieder apert. Man wusste jedoch, dass es in den Höhenlagen diesen immer noch gab. Mein Weg nach Stein am Rhein würde mich aber nicht in höhere Lagen führen, sondern nur durch das tiefe flache Mittelland. Ich brauchte nicht an Ketten zu denken. Das Wetter war gut, der Himmel blau, aber es war dafür auch sehr kalt. Ich war mit meinem weißen Ford Mustang unterwegs auf einer stark mit Lastwagen befahrenen Landstraße in der Region Stammheim. Der Verkehr wollte nicht so recht vorangehen. Eine lange Kolonne vor mir fuhr immer langsamer und schlich nur noch so dahin.

Der Verkehr bewegte sich für mein Gefühl zu langsam. Ich durfte den Termin nicht verpassen und ich musste ja noch über die Grenze. Vor mir fuhr ein älterer Personenwagen mit vielen kleinen weißen Täfelchen als Aufkleber an der Heckscheibe. Die mit großen schwarzen Lettern geschriebenen Sprüche darauf, konnte ich gut lesen. Da stand z.B.: *«Vertraut auf den Herrn, euren Gott, so könnt Ihr getrost sein». (2.Chronik20.20)* Das war ich, aber ich musste ja nicht zum Herrn, sondern zum Zahnarzt. Ich las weiter*: «Ich bin der Weg und die Wahrheit und das Leben, niemand kommt zum Vater als durch mich». (Johannes 14.6).* Aber zum Vater wollte ich auch nicht, sondern zum Zahnarzt, und ich las weiter: *«Siehe des Herrn Arm ist nicht zu kurz, dass er nicht helfen könnte, und seine Ohren sind nicht taub geworden, sodass er nicht hören könnte. (Jesaja 59.1).* So höre denn, und ich tat mein Stoßgebet, dass ich nicht zu spät kommen würde. Jetzt fand ich es zeitlich aber langsam knapp, wenn das so weitergehen würde. Und ich las: *«Bei Menschen ist es unmöglich, aber nicht bei Gott, denn bei ihm sind alle Dinge möglich»*. Ja bei Gott, jetzt musste ich den mal überholen. Aber jetzt hatte ich einen Lastwagen vor mir.

Also versuchte ich immer wieder vor diesen Laster zu kommen, dies auch bei häufigem Gegenverkehr. Es gelang mir ein paarmal, und wieder spähte ich nach vorn, hinter einem neuen Lastwagen hervor. Ich scherte wieder etwas aus nach links, befand mich bereits in der Mitte der Straße und überprüfte den entgegenkommenden Zufluss. Es gab im Moment keinen Gegenverkehr.

Es war gerade ruhig und ich begann das Überholungsmanöver. Aber da sah ich in der Ferne einen Lastwagen entgegenkommen. Das wollte ich nicht riskieren. Ich brauchte keine langwierigen Überlegungen, den Bremsweg auszurechnen. Den konnte ich gut abschätzen. Ich zögerte nicht lange, bremste ein wenig und wollte wieder hinter meinen Lastwagen nach rechts einscheren. Da kam ich ins Rutschen wie auf einer Schlittenfahrt, und ich gewahrte, dass mein Auto gar nicht mehr meinem Steuern folgte, sondern dass es einfach fröhlich schräg über die Rutschbahn glitt, immer schön nach rechts gegen den Abhang zu:

«Eis, die Straße ist vereist!» So schoss es mir durch den Kopf. «Entweder ich tue jetzt das Richtige, oder ich stürze mit samt und sondre den Abhang hinunter, bremsen hat keinen Zweck mehr».

Ich riss das Steuerrad nach links herum und gab etwas Gas. Ein wenig Bremse gab ich mal zwischendurch dazu, drehte immerzu nach links, gab wieder wenig Gas und so war ich bereits wieder in der Mitte der Straße. Mein Ford drehte sich einmal im Kreis, und dann, als ich fast kein Tempo mehr hatte, betätigte ich nochmals etwas die Bremse. Mein Mustang stand still, mit dem Heck zur Böschung, aber gesamthaft genug auf der festen Straße. Ich atmete auf. Geschafft! Da gewahrte ich erst, dass der ganze Verkehr meinetwegen, und das zum Glück, stillstand. In einiger Entfernung, vorn vor mir, stand ein großer Laster. Der öffnete die Tür, der Fahrer stieg aus, winkte und eilte mir mit einer Schnapsflasche entgegen. Auch andere Autofahrer kamen auf mich zu. Der Führer rief: «Gratuliere, wie sie das gemacht haben!», und er schüttelte mir die Hände und konnte sich kaum vor Staunen erholen. «Sie hatten da aber einen Schutzengel, so ein Glück!»

«I Believe in Angels», war meine fröhliche Antwort. Ein anderer Zuschauer fragte: «Sind sie ok, fühlen sie sich wohl, können sie wieder fahren, wie weit müssen sie noch, ist alles gut mit den Nerven?» «Ja, alles ist gut, muss nach Stein am Rhein, das schaff ich schon!» «Passen sie auf, die Straße ist völlig vereist!» «Kein Problem», dabei hatte ich nicht mal Ketten an den Rädern und auch keine im Kofferraum. Aber die anderen fuhren ja auch ohne. Das war also der Grund, dass der Verkehr so langsam vor sich ging und ich hatte es nicht einmal bemerkt. Beim Zahnarzt in Stein am Rhein, gelangte ich dennoch pünktlich an. Dort hatte ich aber keine Gelegenheit mehr, von meinem Abenteuer zu erzählen, denn der riss mir sofort den Mund auf, und begann mit den Bohrern seine Behandlung. Über die lauten Bohrgeräusche im Perlenzaun tröstete ich mich leicht hinweg, denn; mein Mustang war heil geblieben.

Zweiter Teil

Jobs, Nachbarn Börse und Partys

Die Degustantin

Bei Arlette läutete das Telefon. «Hallo, wer da, Markus?» Ja, salü Arlette, kommst du zum Essen? Bin in einer Stunde im Marché». «Du, vielen Dank, aber ich muss da gerade bis morgen einen wichtigen Katalog studieren über spanische Weine.» «So, so, interessant!» Ja weisst du ich habe einen neuen Job als Demonstrantin gefunden. Morgen geht's los». « Allerhand, Chapeau!! Dann lern mal brav auswendig. Verschieben wir es auf morgen».

Es war in den 90iger Jahren In einem bekannten Zürcher-Warenhaus, der EPA, wo sie ihren neuen Job fand. Dieses Warenhaus in Örlikon existiert heute nicht mehr, es wurde 2002 von Coop übernommen. Die Kundschaft kaufte dort Billigware und war sehr volkstümlich. Um 11 Uhr war Antritt mit Stempeluhr. Es fiel auf die Vorweihnachtszeit.

Da stand sie zum ersten Mal hinter goldenen und schwarzen Flaschen, hübsch und glänzend verpackt, an ihrem Degustationstisch.
Sie verkaufte da den «Freixenet», den bekannten Sekt- Champagner und Schaumwein aus Spanien.

Es gab den Cava semi-secco Nevada España und den Nevada Española, Cordon Negro Brut, den in der schwarzen Flasche. Gefragt waren für diesen Job ein gutes Erscheinungsbild, Kontaktfähigkeit, Verantwortung usw. Ansonsten hatte sie eine andere Stelle in ihrem eigentlichen Beruf, aber auch nur eine Teilzeitstelle, wie diese hier. Es machte ihr Spass, und alles lief gut mit der Kundschaft, welche sie geschickt um sich zu scharen wusste. Freundlich und äusserst höflich bot sie den Leuten vor ihrem Stand die kleinen PET-Gläschen an. Dabei musste sie den Interessierten ein Formular zuschieben um eine Bestellung aufzugeben. Am Feierabend hatte sie immer ein schönes Bündel solcher Aufträge beisammen.

Manchmal wurde sie bei dieser Tätigkeit direkt lustig. Wenn die Leute länger stehen blieben und gar nicht mehr weg wollten fing sie an zu spassen. Sie zog die Lippen über die Zähne bei ihrem schönen Mund sodass sie wie zahnlos aussah, steckte eine alte Brille auf, und begann zu rezitieren:

«Als ich noch jung und schön war, und schöne weisse Zähne hatte, da begegnete ich einem schönen Mann! Ich bemerkte seine einladenden Augen, sein vielsagendes Lächeln. Der fragte mich sogleich, ob ich mitkommen würde. Er zog

53

eine Flasche aus seiner Aktentasche und schwenkte sie in der Luft herum vor meinen staunenden Augen. *Ja gerne, aber nur wenn es Sekt gibt, worauf der sagte; können sie den auch im Nachhinein vertragen? Ja, aber immer besser im Vorhinein».*

Das gefiel den Leuten und sie lachten darüber. Arlette war auch eine sehr hübsche, sympathische junge Frau und niemand störte sich an ihren Schaustücken mit den Faxen. Sie konnte sogar annehmen, einiges Talent in Schauspielerei zu haben. «Vielleicht werde ich hier noch einmal entdeckt», träumte sie manchmal. Im Ganzen verlief ihr Arbeitstag aber immer ruhig und harmonisch.

An einem Abend nach Betriebsschluss, kam der Geschäftsleiter zu ihr und schmunzelte: «Macht ihnen Spass, dieser Job». «Ja, sehr, gefällt mir». «Wenn sie möchten, nur so zur Abwechslung, haben wir auch noch einen anderen Ort für sie. Dort ist eben jemand ausgefallen, es ist in Will. Die Fahrtspesen übernehmen wir natürlich». «Wann kann ich beginnen?». «Morgen schon, wenn sie wollen». «Und die Provision dort, ist es die Gleiche wie hier?». «Selbstverständlich».

Am nächsten Tag fuhr sie mit dem Vormittagszug von Zürich nach Wil. Sie war wie immer gut gelaunt und voller Vorfreude. Um elf Uhr begann ihre Arbeit. Aber dort musste sie noch etwas anderes erleben. Am Anfang lief alles gut, wie an ihrem ersten Platz.

In diesem anderen Warenhaus gab es noch einen weiteren Demonstranten- Stand, und das direkt neben ihr. Zuerst grüsste sie freundlich hinüber, brachte dem Mann dort auch ein kleines Schlückchen von dem spritzigen Wein. Der Mann war ja nicht gerade ihr Typ, aber sie liess es ihn nicht merken, so glaubte sie wenigstens. Er demonstrierte so etwas wie batteriebetriebene Geräte zum Blutdruck- oder Puls messen. Gefällt mir gar nicht, dachte sie, ist mir zu technisch, und sagte leichthin: «Interessant, was sie hier haben». Er sagte nicht viel mehr als «ja, ja».

Sie ging zurück zu ihrem Stand, denn da wartete schon die Kundschaft. Jetzt wurde sie wieder fröhlich, und genehmigte ab und zu auch ein Schlückchen. Dann gab sie wieder ihren Spruch zum Besten, der vorhin in Zürich immer so gut angekommen war. Das Publikum scharte sich zwar genauso um ihren Stand aber es blieb eher zurückhaltend.

Da griff sie in ihre Handtasche und zog ein paar kleine farbige Ballönchen aus einer Tüte hervor und scherzte damit vor ihren Leuten. Sie hatte diese noch vom letzten Kinderfest mit dabei und war nicht dazugekommen ihre Handtasche zu leeren. Sie lachte auf: «Sie können gern mal reinblasen bevor die Polizei kommt». Ein kleines Missgeschick passierte ihr aber dennoch dabei, als sie die Ballönchen auf den Tisch warf, kollerte noch ein bereits geöffnetes Präservativ mit auf die Tischplatte. »Diese Kindsköpfe, haben mir wieder mal einen Streich gespielt», murmelte sie erschrocken vor sich hin. Rasch griff sie danach und versteckte es in ihrer Rocktasche. Zwei Damen die dicht neben ihr standen, stiessen sich gegenseitig an und verzogen das Gesicht. «Was für Kinder?» fragte die Eine.» Ach die von der anderen Arbeitsstelle». «Ach so, sie spielen etwa mit Kindern?» «Ja auch, aber etwas anderes». «Komm wir gehen», und sie liefen weg. Der Kreis um sie lichtete sich etwas. Vielleicht hat es sonst niemand gesehen, hoffte sie, aber alle andern lachten und es wurde wieder lustig an ihrem Tisch. Es wurde eifrig getrunken und geblasen.

Als sie einmal zu ihrem Kollegen am anderen Stand hinüberblickte fiel ihr auf, dass der sie sehr finster anschaute. Irgendein Kunde von seinem Stand kam eben zu ihr hinüber, und baute sich wichtig vor ihr auf und drohte ihr: «Sie da, machen sie keinen solchen Klamauk, sie verderben meinem Partner das ganze Geschäft, alles kommt zu ihnen rüber!».

«Tut mir leid, aber ich kann nichts dagegen tun, trinken sie lieber auch was». Der Mann drehte sich angewidert ab und weg war er. Jetzt will der mir auch noch mein Geschäft versauen, dachte sie, und nahm wieder einen Schluck. Sie liebte diesen Wein, wie sie sowieso gern Wein trank.

Dann bekam sie wieder diese wütenden Blicke vom anderen Stand daneben.

«Dummer Kerl wie der aussieht» und sie prostete ihm zu. Der Mann schüttelte nur den Kopf.

«Der will mich ärgern», dachte sie und suchte Zuflucht bei einem weiteren Schluck. »Ach, was tue ich überhaupt hier, ich wünschte ich wäre wieder bei meiner Gitarre, wieder am alten Arbeitsplatz, bei den Kindern. Aber hier kann ich mehr verdienen. Aber es waren eben Ferien. Was geht's mich an, ich habe ja schon wieder einen ganzen Stapel an Bestellungen».

Jedoch da kam ein anderer Herr auf sie zu. Galant und korrekt gekleidet, in Schale mit Krawatte und weissem Hemd. Er war sehr gutaussehend und grüsste sie höflich:

«Sie sollten mal in mein Büro kommen, ist gleich dort vorne, wenn sie es sehen, nehmen sie die Türe mit Ausgang beschriftet». «Ja ich sehe es, wann soll ich kommen, nach Ladenschluss?». «Nein, sogleich, jetzt, gehen sie schon.» und damit lief er zum Ausgang.

Arlette packte kurz die Bestellungen zusammen und nahm ihre Handtasche. Zur Kundschaft sagte sie nur: «Bin gleich wieder da». Dann steuerte sie zur besagten Türe. Als sie diese öffnete, sah sie einen langen Korridor vor sich mit vielen anderen Türen. Sie ging auf die nächste Tür, mit Büro beschriftet zu, und trat ein. Niemand da, nur ein Karton mit Weinflaschen stand am Boden vor einem Tisch. Komisch, dachte sie und suchte vorwärts.

Dabei übersah sie eine halboffene Schachtel, etwas über dem Boden gestapelt, und stolperte darüber. Es klirrte mächtig, und sie rutschte auf einer herausgekollerten Flasche aus, welche sofort in Scherben lag. Handvoraus suchte sie Halt auf den kalten Fliesen um sich aufzufangen, dabei schnitt sie sich mit einer Glasscherbe die eine Hand auf. Das Blut tropfte herunter als sie diese schmerzhaft zurückzog, und sie landete in einer Weinlache und besudelte sich damit das ganze Kleid.

Rasch erhob sie sich wieder und stand jetzt da wie ein begossener Pudel.

Eine Türe tat sich auf. Es kam der Geschäftsleiter von vorhin herein und sagte nur:

«Sie sind gefeuert». «Aber wieso denn? Das muss ein Irrtum sein! Wer sind sie denn? Also wie der Nickolaus sehen sie auch nicht aus!» stammelte Arlette: «Helfen sie mir lieber, ich blute».

«Ich sehe es, ich schicke ihnen jemanden herüber. Aber merken sie sich eins, unser Demonstrationsstand ist keine Marktbude mit Ballönchen und solchem Zeug. Der Mann von nebenan hat sich über sie beschwert». Sie begehrte auf: «Neid, nichts als Neid! Dieser Priester mit seinen billigen Apparätchen, mit seiner Messestange! Mit seinem batteriebetriebenen Dingsda!» rief sie.

«Sie haben es verscherzt». Und raus war er.

«Was soll ich denn jetzt machen, mir wird noch schwindlig», dachte sie: «Ich habe doch keinen Schwips?» Dann kam ein Sanitäter vom Haus und verband ihr die Wunde an ihrer Hand.

«Haben sie etwas zu viel getrunken?» fragte er. «Nein, ich weiss nicht», und da fing sie an zu lachen, denn der Alkohol begann langsam zu wirken. Und sie konnte nicht mehr aufhören damit, als sie schon wieder allein in dem Raum war.

«Nun, so gehe ich eben». Mühsam suchte sie nach einem Ausgang der nicht mehr ins Ladeninnere führte. Als sie draussen auf der Strasse war, hatte die Dämmerung schon eingesetzt.

Es war kühl geworden und das tat ihrem Kopf ganz gut. Den Weg zum Bahnhof fand sie zwar bald, und dort stand auch schon ein Zug auf dem

Perron mit Zürich-Rorschach beschriftet. Abfahrt in ca. 3 Minuten. Sie setzte sich in Trab. Sie sah nur noch das Wort Zürich auf der Tafel. Schon hörte sie den Pfiff zur Abfahrt und konnte noch schnell hineinschlüpfen.

Aber als sie in dem Zug sass, fuhr der in einer anderen Richtung los, nämlich mit Ziel Rorschach. Bei der nächsten Station stieg sie aus und war wieder etwas nüchtern geworden. Dann wartete sie auf den Zug in der Gegenrichtung Zürich und nahm einen Schluck aus ihrer Freixenet Flasche. Sie dachte lange nach: «Wie sage ich das nun Markus?»

Am folgenden Tag war sie zu Tisch mit ihrem Freund in ihrem Stammlokal. »Was ist denn mit deiner rechten Hand passiert, die ist ja dick eingebunden?».

«Tja, ich hatte einen kleinen Unfall gestern bei dem Job mit Degustieren».

»Kannst du so noch arbeiten?» Sie machte einen bekümmerten Eindruck. «Das ist es ja eben».

«Wie ist es passiert?» « Gegen Abend, als ich wieder eine Flasche öffnen sollte, fand ich auf einmal den Flaschenöffner nicht mehr. Überall suchte ich vergebens zwischen den anderen Sachen in dem Puff herum, dabei ist mir eine Flasche vom

Tisch gefallen und klirrte zu Boden. Sogleich bückte ich mich danach und suchte die Scherben zusammen. Dabei schnitt ich mir in die Hand».
Jetzt dramatisierte si den Fall noch zusätzlich:
«Das Blut lief nur so herunter, ich presste ein Taschentuch dagegen und suchte darauf die Sanität. Dort musste ich eine Weile warten. Dann kam der Sanitäter mit dem Geschäftsleiter. Der Chef sagte, dass ich so nicht mehr weiterarbeiten könnte. Der erhob drohend den Zeigfinger gegen mich. «Sie sind noch in der Probezeit und haben noch nicht mal den festen Arbeitsvertrag? Ich muss das Arbeitsverhältnis leider auflösen, weil die Versicherung in diesem Fall von Selbstverschulden nicht zahlen würde und der Arbeitsausfall somit nicht gedeckt ist».
Forschend sah sie ihrem Freund in die Augen und atmete auf. Er zeigte Verständnis: «Er hat es geschluckt, ich habe die Lösung gefunden», dachte sie erleichtert.

Kissen im Mondschein

Arlette hatte nun schon seit einigen Jahren eine
hübsche kleine Wohnung mit Sitzplatz und Garten. Diesen konnte jedermann durch das stets offene Gartentor betreten, sofern man es überhaupt sah. Seit ihr Freund gestorben war, lebte
sie allein hier. Es war im Sommer, und es gab
schon ein paar warme Nächte. Nun an einem
herrlichen Sommertag, lag sie gemütlich im Lie-
gestuhl auf ihrem Gartensitzplatz, und fühlte sich
unbeobachtet.

Es war alles ruhig, die meisten waren bereits in
den Ferien. «Niemand der stört», dachte sie. Immer noch gefiel sie sich, als sie ihre prallen Hüften
unter der glühenden Sonne einschmierte. Blon-
des, langes Haar, schöne Beine, schöner Bauch,
Busen, alles noch dran. Alles in allem immer noch
eine sehr gutaussehende Witwe.

Sie überdachte ihre vergangenen Jahre hier. Letz-
tes Jahr wurde hier eingebrochen, wenn man das
so nennen darf. Die Balkontüre zur Terrasse hatte
sie nämlich offen gelassen über Nacht, und es
eben auch so ein schöner Sommer war wie dieser
heute. Ihre Katzen sollten auch was haben,

Freiheit und ungestörten Ausgang. Hat doch immer Freude gemacht. Nur als sie jenes Mal am Morgen aus dem Schlafzimmer hervorkam, lag alles verstreut auf dem Boden.

Schubladen waren herausgezogen und umgestülpt. Schachteln, Papiere und das Portemonnaie lagen da. Schmuckkästchen mit billigen Steinchen lagen frei herum. Sie ging ans Telefon und rief die Polizei:

«Hallo, bei mir ist eingebrochen worden». Sie gab ihre Adresse an, und bald schon erschienen zwei Wachtmänner in Uniform. «Fehlt was Wichtiges, wertvolle Sachen?» Sie sah sich in dem Chaos am Boden um: «Nein, ich glaube nicht, ausser etwas Geld».

«Sowas erleben wir jeden Tag, ah, so so, sie hatten die Balkontüre offengelassen? Ja dann auf Wiedersehen bis bald». Sie verstand den Witz sofort: »Lieber nicht Witzbold. Ihr seid ja lustig, aber danke, dass ihr so schnell gekommen seid».

«Es passiert nie zweimal dasselbe», dachte sie, als sie spät nachts zu Bett ging.

Sie liess die Balkontüre wieder offen. Es war schon nach Mitternacht. Der Mond schien so hell durchs Fenster, dass sie kaum Schlaf fand. Dann, nach etwa einer Stunde musste sie mal aufs Klo.

Sie betrachtete das Foto das sie an die Türe geklebt hatte. Ein Bergbach der sich in die Tiefe hinabstürzte. Sie liess sich Zeit und versank in inniger Betrachtung. Es plätscherte und es rauschte das Klosett, es rauschte die Spülung so herrlich wie ein Wasserfall. Sie sann vor sich hin und liess sich noch mehr Zeit. Noch einmal ging sie unter die Dusche und seifte sich verschwenderisch ein. Sie liess sich das kalte Wasser über die Beine rauschen, und dachte nicht mehr viel im Halbschlaf. Das Wasser konnte sie kaum noch aufwecken, höchstens etwas erfrischen.

Barfuss und gemächlich durchlief sie wieder ihre Wohnung und begab sich in ihr Schlafzimmer. Im Nachthemd stand sie vor dem Bett, ohne Brille und schaute nach ihrem kleinen runden Kopfkissen, um es zurecht zudrücken. Aber sie wartete noch damit. Etwas kam ihr komisch vor, das Kopfkissen. Der Mond schien ins Zimmer, und so sie machte kein Licht.

«Das Kissen hat so ein seltsames Muster, das sollte doch eine Rose sein, jetzt ist es wie ein anderes Motiv, Aber das ist sicher von den Blättern draussen vor dem Fenster, die jetzt vom Mond beleuchtet werden», dachte sie, und stieg erst einmal, nahe dem Bettrand an der Kante ein. Dann griff sie nach dem Kissen.

Als sie ihre Hand mitten in diese Federn knutschte, entfuhr ihr ein leiser Schrei. «Was ist denn mit diesem Kissen? Fühlt sich ja an wie ein Kopf, wie ein Gesicht aus Fleisch und Blut!». Der Mond hatte das Kissen beleuchtet doch genau sehen konnte sie es ja nicht, ihre Augen waren schwach.

«He, was machen sie da?» tönte es aus dem Kissen hervor, dicht neben ihr. Sie rang nach Luft: «Hilfe ein Geist der spricht. Oh weh, Da liegt ja einer!», rief sie erschrocken. Blitzschnell ging es ihr durch den Kopf: »Wenn das nur kein Mörder ist. Ganz ruhig bleiben». Und sie brachte vor Schreck kaum noch einen Laut hervor. Da sass sie jetzt schon neben ihm, nichts zu machen. Dann fasste sie sich wieder:

«Machen sie mir Platz, das ist mein Bett. Wie kommen sie da überhaupt rein?»

Er grunzte: «Bin schon lange da». Sehr vorsichtig fragte sie: «Was, was sagen sie da, wie lange?». Er schien ungerührt: «Nun schon eine ganze Weile». Ungläubig schüttelte sie den Kopf: «Also hören sie mal, das glaub ich nicht». Sehr gelassen antwortete er: «Nun ich hatte ja Zeit». Sie überlegte: «Gehört habe ich aber gar nichts».

Mit einem Satz war sie aus dem Bett. «Hören sie, ich mach ihnen jetzt einen Kaffee und dann müssen sie gehen!».

«Ich will aber nicht, ich möchte nur schlafen». Sie erhob jetzt doch etwas ihre Stimme: «Aber nicht bei mir, was sollen die Leute im Haus denken von mir, wenn da auf einmal ein Mann rumläuft?».

«Die sehen mich jetzt ja nicht».»

Aber danach», schimpfte sie auf ihn ein. Jetzt begann er sich ganz friedlich zu erklären:

«Hören sie zu, ich war auf einer langen Geschäftsreise, fuhr die ganze Nacht durch auf der Autobahn. Ich war todmüde. Da wollte ich vorerst in mein Büro, das gleich nebenan steht, um dort etwas zu schlafen, anstatt übermüdet in diesem Zustand weiterzufahren. Ich konnte die Schlüssel im Moment nicht finden. Können sie das verstehen? Also sah ich ihr Gartentor offen, ihre Balkontüre offen, und da wusste ich, dass sie da sind. Ich habe mich eingeschlichen, das ging noch schneller als in mein Büro, das ist alles. So jetzt wissen sie es».

»Dann haben sie mich also schon vorher beobachtet?». Er nickte: »Ich sah sie manchmal von meinem Bürofenster aus».

«Dann sind sie auch noch ein Voyeur! Jedenfalls, sie haben mir einen schönen Schreck eingejagt, wie lange soll das jetzt noch gehen?» Er schmollte: «Bis zum Morgen, wenn ich ausgeschlafen bin, dann gehe ich».

Sie verschwand in die Küche und machte Kaffee. «Trink ich ihn eben allein, mit Schlafen ist jetzt auch nichts mehr», dachte sie. Dann ging sie zurück ins Schlafzimmer. Sie war immer noch im

Nachthemd. «Also Kaffee wollen sie wohl nicht, aber machen sie mir jetzt wenigstens etwas Platz, damit ich auch etwas liegen kann. Bin jetzt nämlich hundemüde».

«Nur zu», meinte er, und rückte zur Wand. Sie legte sich vorsichtig auf die Bettkante, als ob die heiss wäre. Nach einer Weile drehte sie sich zu ihm und beugte sich über ihn. :»Schlafen sie schon?». Nichts zu hören, so versuchte auch sie etwas zu schlafen. In kurzen Abständen war ihr das wohl gelungen.

Am Morgen, etwa um halb sieben, stand er endlich auf, er musste sich nicht ankleiden, die Reise-Klamotten vom Vortag hatte er noch an. Er musste nur noch in seine Schuhe schlüpfen.

Sie war bereits in der Küche und machte Kaffee. Er kam hervor zu ihr, und streckte den Kopf etwas zur Tür herein. Schweigend machte sie eine einladende Geste zum Tisch hin. Er setzte sich, blickte verlegen vor sich hin, und rieb sich die Augen aus.

«Zucker im Kaffee?» fragte sie. «Zwei Löffel, bin völlig ausgepumpt». «Sie Armer, aber ist es nun ausgeschlafen, das Murmeltier?» Er sah sie etwas komisch an: »Was wollten sie eigentlich mit ihrer Hand in meinem Gesicht? War nicht gerade angenehm, das fühlte sich an, als ob sie mir die Haut abziehen wollten, oder die Nase ausreissen, oder gar das Gesicht zerkratzen». Sie verneinte mit Kopfschütteln, dass ihr die Haare ins Gesicht fielen:

«Seien sie nur froh! Oder auch noch die Augen? Ach nein, glauben sie mir, ich dachte das sei mein kleines rundes Kopfkissen mit der grossen Rose in der Mitte, hatte eben keine Brille drauf». «Sehen sie so schlecht?». «Nun, sonst sehe ich genug». «Scheint nicht so». « Der Schein trügt, Frechdachs!».

Grinsend ging er zum Treppenhaus. «Leise!» rief sie ihm hinterdrein, «die Leute!». Sie sah ihm nach, und er winkte lächelnd zurück. Als sie dann am Vormittag den Briefkasten öffnete, fand sie ein Couvert bei den Morgenzeitungen. «An meine liebe Schlummermutter. Gehen sie lieber nicht zur Polizei, man würde ihnen sowieso nicht glauben». Dabei lag noch ein kleiner Reise-Beutel mit einem Frühstücks-Getränk mit Schokolade drin. Das Kopfkissen schmiss sie später in den Abfall.

Distel-Freundschaft (Börse)

Die beste Gelegenheit, Geld zu verlieren, hatte man im Jahr 2008. Wer etwas Erspartes auf der Bank hatte, wurde fleissig aufgefordert sein Geld für sich arbeiten zu lassen. Mein Geld hatte dann auch gearbeitet, aber nicht für mich. Das Geld war schon noch da, es hatte lediglich die Taschen und den Besitzer gewechselt.

Damals hatte ich meine Ersparnisse bei der UBS, der grössten Universalbank der Schweiz angelegt. Während der Finanzkrise musste das Unternehmen hohe Verluste einstecken. Die Krise auf dem US-Immobilienmarkt, brachten ein Minus von über 33 Mrd. € bis allein Mitte 2008. Ich stierte in meinen alten PC und konnte es einfach nicht fassen, wie die Börse nur noch nach Süden zeigte. Ich hatte fast dauernd das E-Banking und Rating-Portale wie z.B. den Motley-Fool am Bildschirm und musste mir ständig die Augen reiben. Jetzt verdreckte ich mir noch das linke Auge, mit dem ich mit Brille sonst noch gut sah.

Eben hatte der Verwaltungspräsident Marcel Ospel den Hut geworfen, oder sagt man genommen? Danach war Oswald Grübel der neue CEO.

Die Leute nannten mit vorgehaltener Hand die UBS bereits «**ups**». Das ist im Volksmund der Ausdruck für einen Rülpser. An einem schönen Tag im Frühling 2009 standen wir am Bürkliplatz vor dem Zürichsee und schauten uns verdutzt an, ins Leere. Die Trompeten der New Orleans Jazzband schmetterten zum Paukenschlag, doch die Batterie trommelte besänftigend dazu. Einige tobten, sie wollten ihr Geld zurück. Auf einmal sah ich Freunde wieder auf der Strasse, die ich zuvor lange nicht mehr gesehen hatte und sie waren auffällig gesprächig. Was man da auf einmal wieder Freunde hatte! Einer sagte er müsse jetzt aufs Schiff, das sei ja nicht mehr zum Aushalten. Die Nerven lagen blank, Kunststück. Die schweizerische Nationalbank SNB und der Bund griffen der Bank mit einer Finanzspritze von $ 54 Mrd. unter die Arme. Es wurde öffentlich bekannt, dass das amerikanische Justizministerium gegen die Bank ermittelt. Beihilfe zur **Steuerhinterziehung** wurde ihr vorgeworfen. Eine meiner guten Bekannten, eine Doppelbürgerin in Amerika, lebt dort mit ihrem Mann. Sie haben eine grössere Fabrik der Sparte Enterprise, ein sehr schönes Haus mit verglastem Zwischentrakt plus ihrer Fabrik mit vielen Angestellten. Stolz zeigte sie mir jeweils diese Fotos vor. Als sie von dem Skandal hörten, wurden sie unruhig und kamen mehrere Male pro Jahr aus Amerika zu uns geflogen. Sie kauften sich sofort eine Ferienwohnung in Davos und besuchten häufig die Schweiz, selbstverständlich! Eine andere Bekannte, eine Schweizerin, war ebenfalls reich verheiratet, mit einem Deutschen, einem Fabrikanten. Er ist ein durch und durch ehrlicher Geschäftsmann. Er bekam sogar das deutsche Bundesverdienst-Kreuz. Der kaufte auch sogleich ein Haus in der Ostschweiz, nahe Bodensee. Eine reiche Dame wollte mich sogar ein paarmal anpumpen, auch sie war in Turbulenzen.

Es war das Jahr 2008 bereits Herbst, und ein angenehmer Nachmittag. Ich musste jetzt raus, weg von diesen Aktien, in denen auch ich verloren hatte. Alles deutete auf Crash und vorgeschoben wurden die Leemann Brothers. Es war ein reines Verbrechen, wie die Hauseigentümer über dem grossen Teich ihre Häuser verloren. Im Gegensatz zu vielen Reichen war ich eher arm. Ich dachte «Hab wenigstens noch meine Wohnung und bezahlen kann ich sie auch noch». In diesen Gedanken stieg ich den Bergpfad in meinem Wohnquartier zum nahen Wald empor. Er war gesäumt von kleineren Grüninseln, welche langsam von wilden Disteln stark überwuchert wurden. « Würden die Aktien nur auch so wuchern wie dieses Distelunkraut, aber sie stechen nur so und wollen nicht hoch wie dieses», dachte ich. Schnipp-Schnipp, ich hatte meine Schere herausgegraben aus der Handtasche und begann systematisch das Kraut abzuschneiden. Ich musste einfach etwas tun, wenn auch nichts Lapidares. Jedenfalls wollte ich nicht «UBS» in die umliegenden Steinbrocken hauen.

Ich war eben über mein Zerstörungswerk gebeugt, als ich das Gefühl hatte, dass da jemand hinter mir stand. Ich schaute schräg nach oben und gewahrte eine Frau, dicht hinter mir. Sie trug blaue Hosen und eine abgeschossene Wind-Jacke, hatte kurzes Haar, graue Schläfen und ein freundliches Gesicht. Nicht unsympathisch, sogar ziemlich gute Gesichtszüge.

«Was machen sie denn da?» tönte es von oben. «Ich pflücke Erdbeeren» gab ich ungeniert zurück. «Sehr witzig» « Ja, wissen sie, ich muss einfach etwas tun, sonst werde ich noch verrückt». «Na wieso denn, haben sie sonst nichts anderes zu tun?». Jetzt werden die Leute noch frech! Ich murmelte: »Doch, schon, aber es ist zurzeit nicht gerade erfreulich, es macht mich noch kaputt, aber aufhören kann ich auch nicht!« «Was kann das sein womit man nicht aufhören kann?» Ich sah sie an: «Würde ich Ihnen schon sagen, aber ich kenne sie ja gar nicht».

Ich stand nun neben der Frau. Sie war etwas grösser, gut gebaut, nicht dick. «Ich bin die Rosina» gab diese vor. «Sehr erfreut, ich heisse Elli» Die Dame meinte: «Kommen sie mit, ich wohne gleich da oben, ich lade sie zu einem Drink, Most, wenn sie wollen».

Die beiden setzten sich in Bewegung. «Es ist die Börse, wenn sie wissen was ich meine». «Ja sicher, das ist sogar mein Job». «Wirklich?», fragte ich. «Und sie machen Cash damit?» Jetzt hatte sie meine Neugier geweckt.

«Es braucht eben alles seine Zeit». Ich folgte ihr mit kurzen hastigen Schritten. Inzwischen waren wir vor ihrem Haus angelangt, passierten die Glastüre und stiegen in den Lift. Sie drückte die 3.Etage. Durch einen Laubengang erreichten sie ihre Wohnungstür. «Hübsch gelegen hier» meinte ich. «Ach es ist auch gefährlich, weiss ja nie wann jemand vor meiner Tür steht, mit bösen Absichten». «Haben sie Angst?» «Ja, manchmal, wenn mich mal einer unangemeldet besuchen kommt». Inzwischen waren wir in ihrer Wohnung angelangt. »Tolle Aussicht hier, man sieht sogar den Flughafen». «Wir können uns duzen». «Ja, ja, also Elli».

Ich setzte mich an ihrem Tisch in der Küche und bekam einen Saft hingeschoben, ziemlich gleichgültig, abwesend. Ich beobachtete ein Flugzeug das eben zum Start angehoben hatte und sah es empor steigen gegen den wolkenlosen blauen Himmel über Kloten. Und während ich den Flug verfolgte sagte ich nebenbei:

« Der Dollar ist jetzt etwas tiefer, noch über einen Franken, hab mal etwas gekauft». « Wozu?» «Tja, ich suche nun auch an der amerikanischen Börse herum, da ist mir etwas mit Lithium aufgefallen, könnte noch mal stark werden».

«Ja machst du denn Börsengeschäfte?» Ich wiegte den Kopf hin und her: «Pass auf, ich bin aber noch ein Neuling. Habe eben etwas gekauft, die Aktie ist etwas tiefer». Sie war fasziniert: «Du hast also einen PC, oder machst du die Aufträge per Telefon?» Ich winkte ab: «Nein, habe einen PC und E-Banking drauf».

«Gehen wir mal zu dir? Ich möchte das sehen». Mir war das recht um meine eigenen Sorgen zu unterbrechen: « Komm heute Abend, hier ist meine Adresse, wohne gleich da unten, kannst es von deinem Fenster aus sehen».

Ich ging wieder zum Lift, nahm dann doch lieber die Treppe, um noch etwas mehr vom Haus zu sehen. Und Stufe um Stufe die ich abwärts schritt dachte ich an diese neue Bekanntschaft. Soll das jetzt eine neue Freundschaft werden, erwog ich nachdenklich. In etwa zehn Minuten war ich wieder in meiner Wohnung und schaltete sogleich den PC ein. Es war schon über fünf Uhr Schweizerzeit- und die Ami-Börse hatte schon seit 1 ½ Stunden eröffnet. Im Yahoo Portal fand ich meinen Chart, die AML, Amerikan. Lithium. Die Aktie war seit gestern etwas gestiegen, nachdem sie zuvor stark rauf und runter sauste. Dann guckte ich noch auf die Werbeseite mit dem schönen blauen farbigen Foto und dem weissen Salzsee. Ich rieb mir die Hände, das war natürlich blöd: «Es kommt schon gut, vielleicht kann ich hier etwas Verlust gutmachen», dachte ich. Die Hoffnung stirbt zuletzt.

Dann läutete es. «Ja herein», rief ich. Die Tür war nur angelehnt. Ich hörte hastige Schritte. Da kam sie, die Frau von vorhin. Sie war ziemlich aufgeregt und anders angezogen. Nicht attraktiv, eher bieder, oder aufgeputzt und ortete schnell den Computer und mich, die daran sass und darüber brütete wie eine Henne. Sogleich legte sie los:

«Hallo, da bin ich, wie läufts? Du ich habe da was». Sie zog einen Umschlag aus ihrer Jacke hervor. Schon stand sie dicht hinter dem Stuhl vor dem PC. Ich erschrak heftig:

«Die geht aber ran, ich hätte doch zur Tür gehen sollen. Nun guckt die schon in mein offenes E-Banking Portal. Das kann ja gut werden», schoss es mir durch den Kopf. Diese Leute, einfach keinen Anstand. Ich fühle mich direkt bedrängt. Ich z.B. hätte mich erst einmal auf einen Stuhl nebenan gesetzt. Aus meinen Gedanken auffahrend rief ich: «Ja Hallo, du kommst ja wie mit dem Express angefahren. Bist aber sehr neugierig geworden. Du sollst nicht in mein Banking hineingucken. Hast du eigentlich auch ein E-Banking Konto? Einen PC hast du ja, wie ich gesehen habe». Sie verneinte missmutig:

«Also, das E-Banking -Konto habe ich eben nicht, und deshalb habe ich 3000 Franken mitgebracht, damit du mit diesem Geld, für mich auch noch von dieser Lithiumaktie kaufst. Da nimm! Wo steht der Kurs? Aah, ich sehe er steigt. Also nimm!» Jetzt sah ich aber rot: «Sachte, mal langsam, ich weiss noch gar nicht mal sicher, ob daraus etwas wird, oder ob das Ding schon heute Abend wieder gegen Süden fährt. Punktum, ich kann das Geld nicht für dich einsetzen, ich kann es nicht annehmen! Eröffne doch auch ein Konto, z.B. bei UBS». «Gut Lachen» meinte sie. Das geht zu lange, da muss man schnell sein!»! Ich lehnte mich zurück: «Weiss ich, so gehe eben zur Migros-Bank, die ist ganz in der Nähe».

Rosina zog die Dreitausender (3 Riesen), aus ihrem Couvert und streckte sie mir direkt vor die Nase. Ich hasse das Geld nicht, aber ich liebe seinen Geschmack: «Ich kann nicht, vergiss es. Das einzige was ich tun kann für dich ist, dass ich noch mal für diesen Betrag kaufe, aber ohne dein Geld. Ohne Gewähr. Wenn ich gewonnen habe, gebe ich dir den Anteil. Nur, es ist so, ich bin auch hier bereits im Minus, und wenn es mir nicht reicht oder gelingt dies aufzuholen, kann ich dir nichts von dem Gewinn geben, klar?»
Die Besucherin wendete sich ab, sichtlich enttäuscht. «Also gut bis morgen, tschau». Und raus war sie. Sie hätte wohl noch Angsthase zufügen können.
Ich blieb zurück an meinem Computer. Die Aktie stieg tatsächlich- noch. Aber die Anfangs-

Traderin in mir spürte eine innere Unruhe. Ich suchte auf Antworten in amerikanischen Portalen. Hier fand ich etwas von Warren Buffet. Die englische Sprache war gar nicht meine Stärke, ich kannte diese Geschäftssprache mit ihren Ausdrücken nicht und kannte das Englisch nur aus den vielen Songs. also meine absolute Schwäche. Dauernd blätterte ich im Dictionary. Nur so viel verstand ich:

Warren Buffet sagte; und er hatte immer recht, dass es noch viel zu früh sei für einen Erfolg mit Lithium. Dies wäre erst gegen 2020 zu erwarten, wenn die Auto Industrie beginnen würde, sich dafür zu interessieren und sich daran zu beteiligen. Aus so kleinen Firmen wie Lithium AML, AVALON, etc., sei kein grosser Gewinn zu erwarten.

Die Uhr zeigte schon gegen 21 Uhr-Post Meridian. Ich schaltete wieder auf meinen Chart. Eben hatte er $1.88 erreicht, eine steile Spitze gebildet, und kam 2-3 Cent etwas runter. Da wusste ich:

»Jetzt sofort verkaufen«. Ich machte glücklicherweise noch schnell die Sell-Order mit einem tieferen Limit, sonst wäre ich zu spät gekommen, denn bis das drüben angelangt ist, dauert es immer eine Weile. Danach ging es nicht mehr lange, und die Kurve rasselte gegen Süden, runter, einfach brutal.

Ich atmete auf, ich hatte den grössten Einsatz gerettet. Kaum verloren, nur die Courtagen blieben noch und der $ war eben auch etwas tiefer gefallen. Unter dem Strich nichts gewonnen.

Am nächsten Tag war Rosina wieder da. Ich hatte ihr noch den «ISIN» der Aktie verraten. Den hat sie natürlich aufgeschaltet: «Hallo, ich habe gesehen, das Ding ging aber rauf wie eine Rakete». Nur die Ruhe: «Ja schon, aber weisst Du, Buffet hat mich da auf etwas gebracht, und ich bin raus». Ihre Stimme erscholl in meiner Stube wie Glockenklang: «Also gewonnen?» Aber ich musste sie eben enttäuschen und musste es zugeben, sodass ich etwas kühl antwortete: «Nein, es bleiben mir noch die Courtage-Spesen, und damit also nur des Eben meines Verlustes. Kann dir nichts geben». Sie wollte es nicht begreifen: «Aber du hast doch gewonnen?» Diese Freundschaft hatte ich vorzeitig abgekühlt, das wusste ich: «Eben nicht, und mit dem $ ist auch nichts mehr los. Die amerikanischen Banken kommen auch runter. Mir wird das alles zu heiss, Schluss, ich höre auf, ich habe den Bammel». In Rosmaries

Gesicht konnte ich lesen, dass sie das nicht fair fand.

Ich tröstete mich: was ging mich das alles an. «Alles Haie, nichts als Haifische».

Als Rosina, gegangen war, dachte ich noch lange über diese neue Bekanntschaft nach. Eine Freundin konnte das nicht werden, die hätte ich kaufen müssen und Freundschaften kann man nicht kaufen. Eine Gekaufte das ist Müll. Schade, die Frau gefiel mir irgendwie, hatte so was Ländliches. Nur, was war eigentlich mit ihrer Aussage, Börse sei ihr Geschäft, sie würde damit Geld verdienen und hatte nicht mal ein E-Banking? Auf meinem nächsten Spaziergang hinauf, traf ich sie wie zufällig: «Hallo, wie geht's?» Sie antwortete etwas spröde: «Gehen wir zu mir?» Wir liefen nebeneinander, die Grössere mit längeren Schritten, die Kleinere mit rascheren. Dann sass ich wieder in ihrer Wohnung am Küchentisch. Der Drink wurde wieder so fahrig darüber geschoben wie das erste Mal. Dabei dachte ich nur: «Komisch diese Frau, so gleichgültig, fast beleidigend könnte man denken. Sehr schlechte Manieren, wieso nimmt sie mich dann mit?»

Rosina begann sich zu räuspern: «Hör zu, wie ich schon sagte, ich mach Geschäfte mit Aktien, vielleicht besser als du. Wenn du willst kannst du auch einsteigen». «In was genau?» «Eben in Aktien, Termingeschäfte. -Hast du genug Cash, hast du 10 K? 20 K wäre noch besser». «Das hört sich an, wie machst du das?». « Ich arbeite für einen Vermögensverwalter». «Was für einen?» «Er hat viele Kunden, in Zürich und in der ganzen Schweiz, und er hat ein grosses Buch». «Ach so, verstehe, du besuchst die Interessenten aus dem Internet wo der andere inseriert und nimmst die Order-Aufträge entgegen?». Ich hatte neulich in der Zeitung von solchen Privatbrokern gelesen, wie sie den ahnungslosen Leuten das Geld abzwackten. Diese mussten jeweils stets neues Geld nachschütten. Dabei machte er Hausbesuche und nahm das Geld bar entgegen. Manchmal bekamen sie ihre Prozente, aber es blieb immer eine Stange Geld ausstehend. «Ja, ja, das kenne ich, du Gute, aber weisst du, ich bin nicht interessiert». «So, warum?» «Lassen wir das, ich habe genug von der Abzockerei, ich muss jetzt gehen». Ich stand auf, ging gegen den Ausgang und sagte: «Eigentlich schade, tschüss». Dann lief ich wieder die Treppe hinunter. «Ich schulde niemandem etwas. Aber sie ist vielleicht gar kein so schlechter Kerl, vielleicht besser dran als ich». Nun, irgendwie schienen wir zwei immer noch unzertrennlich. Es kam wieder ein Anruf von ihr. Bei dieser Gelegenheit lud ich sie ein mit zukommen an das grosse Firmentreffen der UBS, die Haupt-Aktionärs Versammlung in der Züspa Halle Oerlikon. Das war ja ein Rummel. Ich konnte die Anwesenden nicht zählen, es waren über Tausend und abgesehen von den vielen Bankangestellten war das eine richtige Monsteraufführung. Vorne auf dem Podium thronte bereits Oswald Grübel. Zu allem Jux war er mir sogar sympathisch. Der liebe, liebe Grübel, er war ja nicht schuld und mein dummes Frauenherz klopfte für ihn während er seine Schau abzog.

Was dann geschah war noch besser: Die UBS gelangte in ein Hick-Hack mit dem amerikanischen Justizministerium und wurde gezwungen, Kundendaten herauszugeben, und das schweizerische Bankgeheimnis wurde über Bord geworfen. Bradley Birkenfeld, drüben bei der UBS tätig, wurde zu Informationen gezwungen, musste in Amerika für 40 Monate ins Gefängnis, aber nach seiner Haftentlassung bekam er immerhin $ 104 Mio. Es wollte kein Ende nehmen. Christoph

Meili, der als Nachtwächter angestellt war bei der SGB / UBS, fischte zahlreiche Säcke mit Bankbelegen von jüdischen Holocaust Vermögen hervor, welche hätten geschreddert werden sollen. Was für eine Schande. Er konnte mit seiner Familie nach den USA übersiedeln, wo er Asyl bekam.

Ein Portrait

Sie badete in Milch

Die Tür zum Vordereingang klemmt mühselig, denn sie hat automatischen Verschluss und wurde etwas zu straff eingestellt. Jetzt kommt mir noch eine Frau dazwischen, die sich hinauszwängen will. Sie will raus und ich möchte gern rein. Die Frau, offenbar eine Bewohnerin, schiebt mit einer Hand an einem kleinen Wägelchen woran sie noch ihr kleines Hündchen angebunden hat. Die Bagage wird linkisch vorwärts gestossen und das Hündchen verschlingt sich in der Leine. Da muss ich ja schon Platz machen. Jetzt steh ich wieder vor der grossen Glastüre und die Frau nun ebenfalls. Scheu lächeln wir einander an, der erste Gruss fällt. Der kleine Spitz kläfft energisch und die Leine muss wieder in Ordnung gebracht werden. Inzwischen schiebe ich mich erst mal rasch durch die Glastüre und schaue mich noch einmal verdutzt um, nach dem Kläffer und der Frau die mir da eben den Weg versperrt hatte. Dabei sehe ich ihre breiten Hosenbeine die unter ihrem roten Drei-Viertel Mantel hervorgucken. Sie sind hässlich. Dann verschwinde ich im

Hausflur. Das nächste Mal, ein Tag später, begegnen wir uns wieder an nämlicher Stelle. Diesmal halte ich ihr die Tür zuvor geöffnet. Sie kommt kaum durch mit ihrem Gepäck. Doch sie bleibt stehen zwischen Tür und Angel und ich bin wie eingeklemmt. «Na, na». «Es geht schon», und sie fängt an zu schwatzen. Ich möchte ihr ausweichen, aber es geht nicht. Sie blökt: «Eine feine Dame, oder was? Sie wohnen hier?» «Ja, bin neu hier». Sie berührt meinen Arm und flötet mit gebrochenem Akzent: «Kommen sie mich besuchen, ich muss jetzt auf den Markt, aber heute Abend, sie kommen». Ich überlege und nehme sie etwas unter die Lupe. Nein sagen wäre unhöflich, so sage ich zu. Am nächsten Abend läutete es an meinem Gong, sie stand da mit etwas Backwerk und so machten wir Bekanntschaft.

Gewisse Leute halten nicht viel von den Gesetzen. So missachtete diese Frau, eine Polin, der Aufforderung der Stadt Zürich nachzukommen. Sie sollte ihre Wohnung verlassen, welche ihr gnadenlos gekündigt worden war. Im Verlauf des Abends wurde ich in eine heikle Situation eingeweiht. Ich sass in ihrer Wohnung und während sie erzählte, erinnerte ich mich an einen früheren Fall. Es war ein älterer Mann, dem die Wohnung gekündigt wurde und der die Sache nicht ernst nahm und es einfach ignorierte. Er verschlief den Termin und als man ihm die Möbel und sein ganzes Hab und Gut auf die Strasse stellte, war er nicht einmal da. Die Wohnung wurde schlussendlich zwangsgeräumt. Die städtisch subventionierte Wohnung wurde ihm aber immerhin oder vielleicht mit Recht gekündigt, denn der Mann liess diese in ein grenzenloses Chaos verrotten. Beinahe hätte man ihn ein «Messinge» nennen können.

Lydia wohnte also im gleichen Haus mit mir, eine Etage höher. Als ich in diesem Haus einzog, es war im Jahr 1997, ahnte ich sogleich was mit der Frau los war, welche sich mir von Anfang an, sehr freundlich zwar, in den Weg stellte. Wie gesagt lud sie mich in ihre sehr schöne, und grosse Wohnung ein. Ich sah mich um und machte grosse Augen. Es war ein heilloses Durcheinander, aber dennoch irgendwie imposant. Gleich im geräumigen Flur, standen etliche Gemälde polnischer Art. Da gab es z.B. eine farbenstarke Feuersbrunst auf schwarzem Hintergrund, dann auch Landschaften, leere Bilderrahmen, zum Teil defekt, andere eher wertvoll in Barock mit Vergoldung. Überall an den Wänden hängten etwas schief, kleine und grosse Ölgemälde, Portraits und ein Stich von Dürer, kaum echt. Die Frau konnte ja nicht arm sein. Sie zeigte mir auch vielen Schmuck vor. Wertloses Zeug zum Teil, Glasperlenketten und anderes, aber doch auch sehr interessante silberne Geschmeide, Armbänder und Ringe. Sie war auch immer fein parfümiert. Sie würde mit den Sachen zu Markt fahren, aber, so vertraute sie mir an, sie würde dennoch Sozialhilfe beziehen. «Ich kann diese teure Wohnung nicht bezahlen», so klagte sie mir. Ihr Mann, der nicht mehr bei ihr wohne, wolle einfach nicht mehr bezahlen. Da fasste ich schon Mitleid mit ihr, denn ich wusste, dass ihre Wohnung sehr teuer war. Bald wusste ich mehr. Diese Polin lebte in getrennter Ehe, unglücklich mit einem Angestellten der städtischen Verwaltung, also einem angesehenen Schweizer. 30 Jahre lebte sie nun schon hier, verlor die Liebe ihres Mannes, und war somit hilflos und konnte sich leider unseren üblichen oder auch üblen Verhältnissen nicht anpassen. Die Scheidung wollte sie nicht akzeptieren. Den Mann sah ich noch ab und zu durchs Haus geistern. Er war so etwas um die fünfzig, sah noch recht gut aus, hatte immer noch volles Haar, und gut geschnitten. Schneidig sah er deshalb aber auch nicht aus, eher etwas verbummelt oder vielleicht angetrunken. Hinter seiner Hornbrille sah ich seine blauen Augen, ausdruckslos, planlos und irgendwie verloren. Dann gewahrte ich doch wieder eine entschlossene Miene in seinem gutgeschnittenen Gesicht. Ob er sie noch liebte, was für eine Frage. So nahm sich ihr Mann eine Freundin um sie damit zu ärgern. Aber zugleich wurde er für den von ihm geforderten Scheidungsfall schuldig, und das passte ihm auch wieder nicht. Seine sogenannte Freundin arbeitete in seinem Büro als Sekretärin, und war von ihm beauftragt, seine Frau ab und zu am Telefon nach ihrem Mann zu befragen. Lydia wurde natürlich eifersüchtig, und damit hatte er schon seinen Zweck erreicht. Aber er hatte sich damit auch ein Eigengoal geschossen. Sie machten sich gegenseitig fertig. Einmal sah ich ihn mit einer Backpfeife am Stadthausquai entlang promenieren. Mit dieser Pfeife begegnete ich ihm auch schon in unserem Hausflur und der Tabak, den er genoss, verbreitete einen angenehmen Duft, einen hervorragend guten und teuren Tabak, den er da rauchte. Ich liebe diesen Geschmack. Er trug wie immer seinen Tweed-Anzug, Knickerbockers mit einem karierten Veston diesmal mit einem Tiroler Hut und machte einen aufgeräumten Eindruck. Böse sah er gar nicht aus, eher abenteuerlustig. War das jetzt «Sherlock Holmes», der unter den grünen Kastanien spazierte? Lydia passte nicht mehr recht zu ihm. Sie war nicht mehr seine wunderschöne junge Frau. Das machte ihn kaputt. Aber auch mit ihrer Art hat sie ihren Mann fertig gemacht. Vielleicht mit ihrem Augenrollen: «Ich war das schönste Mädchen in Polen, und ich badete immer in Milch», bekräftigte sie mir triumphierend. «Uli ist immer so böse zu mir und hat mich sogar schon geschlagen. Er ist ein versteckter Trinker». Dabei erhob sie den Zeigfinger in die Luft und riss die Augen auf. Sie war nicht ungebildet, sprach sogar sehr gut Deutsch, mit Akzent. Wo sie das gesuchte Wort nicht fand, gebrauchte sie geschickt andere Ausdrücke. «Uli nicht liebt meine Spezialitäten, er sie nicht kennen will meine polnischen gekochten Speisen». Von Beruf war sie Zahnprothetikerin und erzählte mir witzig: «Die Kunden fragen immer nach ihren Gebissen, aber ich kann diese einfach nicht mehr finden im Keller unten, wo ich sie aufbewahrt habe. Einmal, als ich wieder in ihrem Schlafzimmer war, lagen auf dem Bett nicht nur die vielen bunten Glasperlen, sondern auch die vielen

Zahnprothesen ihrer Kunden, welche sie offenbar immer noch hatte. «Die Freunde haben sich abgewendet, und die Kunden auch», klagte sie weinerlich. «Wenn das nun mich betreffen würde, so hätte ich auch keine Freude», bewog ich hin und her. «Nun versucht sie es mit denen, die ihr noch geblieben sind, z.B. mit mir», dachte ich etwas grimmig. Ich war in ihrer verstellten Wohnung und fand doch noch einen guten Platz zum Sitzen, nämlich auf ihrem breiten Bett, wo fein gestrickte Pullover in hochanspruchsvollen Mustern in lila und rosa neben einander lagen. Dabei hatte sie überall ihre Glasperlen verstreut, welche sie manchmal mit feinen Fingern zu einer hübschen Kette zusammenfügte. Ob sie die Sachen verkaufen könnte, fragte ich sie. Sie lachte bloss gedehnt und sagte: «Manchmal, ach nicht viel, aber komm mit, ich muss dir etwas zeigen»! Zum grössten Gaudi führte sie mich in ihren Keller und zeigte mir in ihrem Kellerabteil die Holz-Hurde, auf welchen unzählige Gebisse lagen. Es war ja ziemlich düster hier unten aber dennoch leuchteten diese Prothesen und die anderen Abgüsse aus weissem Gips aus dem staubigen Dunkel hervor. Daneben lagen noch alte Kerzenständer und andere Flohmarktartikel, es fehlte nur noch ein Totenschädel. «Ich weiss nicht mehr wem die Zähne gehören», klagte sie mir in ihrer verzwickten Lage. Ich konnte das Lachen nicht mehr zurückhalten. Sie war das Chaos, aber doch ein guter Tropf. Sie schenkte mir immer etwas. Einmal gab sie mir ein Zahnarzt- Instrument, welches ich bis heute bei so vielen Gelegenheiten brauchen kann, und es wäre mir unentbehrlich. «Ich könnte dir zeigen, wie man Zahnprothesen macht und du würdest dabei viel Geld verdienen». Aber wieso konnte sie es nicht? Konnte sie nicht mehr? Ausgebrannt? Aber ich hatte ja noch meinen Beruf in der Musikschule und lehnte höflich ab. Zum Glück. Einmal ist es ihr aber doch noch gelungen, mich zu ärgern. Sie wusste jetzt, dass ich an einer Musikschule arbeitete. So fing sie an von einer Nichte in Polen zu erzählen und zu schwärmen, wie diese doch so wunderbar die Geige spiele und bald ihr Diplom machen würde. Jetzt könnte ich doch an der Musikschule anfragen ob noch eine Stelle für ihre Nichte frei wäre. Aber so etwas war mir einfach unmöglich, wusste ich doch wie schwer es war, eine solche Stelle zu bekommen. Die fremde Sprache, unsere eigenen Konsi-Abgänger, wie stellte sie sich das bloss vor. Sollte ich noch einen Verweis der

Schulkommission einfangen? Nein dazu hatte ich also gar keine Lust.

Einmal, als ich wieder durch den Flohmarkt auf dem Bürkliplatz schlenderte wie früher, als ich noch am See unten wohnte, hielt ich Ausschau nach ihr, ob ich sie antreffen würde mit ihrem Stand mit all ihren schmucken Sachen. Aber nirgends war sie zu finden. Stattdessen entdeckte ich einen anderen Player aus dieser Geschichte, den Mann, an den ich bei Lydia dachte, welcher eine Zwangsräumung erdulden musste. Er stand verloren irgend zwischen den vielen Ständen. Er war sehr dünn geworden fast erschien er mir durchsichtig.

Da stand er traumverloren wie vergessen unter den grünen Kastanien, sah sich etwas um und machte ein paar Schritte. Ich erkannte, dass er ein steifes Bein hatte, weil er dieses nachschleppte. Ich näherte mich ihm langsam und ging auf ihn zu. Meine Begrüssung war freudig und ehrlich gemeint: «Guten Tag Herr Graber, wie geht's denn so, kennen sie mich noch?» Er antwortete etwas verlegen: «Ja, von der alten Gasse her, dort am See». Sollte ich weiter fragen? Ich nahm mir ein Herz: «Haben sie wieder eine

Wohnung bekommen, geht es wieder?» Er sah etwas beiseite und meinte gleichgültig: «Ich bin jetzt in einem Männerwohnheim. Es ist ganz anständig dort, aber jetzt leider ohne Katzen». Ich raunte: «Die vermissen sie sicher sehr». Ich befürchtete, dass ich demnächst anfangen würde zu heucheln, also fügte ich bei: «Aber sonst geht es ihnen gut?» Das konnte man natürlich auslegen wie man will. Ich wollte ich wäre schon wieder weg, so sagte ich bald adieu: «Ich suche hier jemanden». «Da fragen sie am besten beim Kiosk». Da wollte ich sowieso gleich hin und er begleitete mich hinkend noch ein Stück. Ich beschrieb ihm ein wenig die Lydia: Sie ist nicht gross, so etwa 1.60 m gross und ziemlich fest, voll, ich meine füllig. Weissblondes Haar, wie Engelshaar und blaue Augen, eine Polin, Frau mit kleinem Wagen, Händlerin».

Er unterbrach mich: «Ja, habe ich schon öfters gesehen, aber auf einem anderen Markt, unten an der Langstrasse». Oho, dachte ich: «Danke, sie ist also nicht hier?» Jetzt standen wir vor dem Kiosk und nahmen Platz. Wir redeten weiter über Lidya, da mischte sich ein Gast, eine Frau in unser Gespräch ein: «Die müsst ihr hier nicht suchen, die hat hier nämlich Verbot». «So, warum denn?»

«Sie kann sich nicht an die Preise und die übrigen Vorschriften halten, neue Waren sind verboten und diese Heftchen die sie da noch verkaufen will. Auch lauter Ramsch und falsches Zeug das sie als echt ausgibt». «Ja dann, meinte ich betrübt, ich kenne sie ja kaum, also was solls». Ich bestellte dem Mann noch ein Bier, dann ging ich.

Gewiss, ich wollte ihr helfen bei der Wohnungssuche, denn sie brauchte Hilfe. Sie konnte nicht mehr richtig gehen und stützte sich zur Fortbewegung an einem Kinderwägelchen. Ihre Beine schmerzten, waren dick und mit blauen und roten Adern übersät.

«Ach was mich die Beine schmerzen, und immer fragen mich die Leute: «Wo sind meine Zähne?», klagte sie oft. Sie war wie gesagt dicklich, unförmig, nicht mehr vollschlank, nicht vom Hungern aus dem Lot geraten, eher vom Kummer. Ich habe ihr schon beim Fressen und Schlingen zugesehen. Sie nahm einen Poulet Schenkel auf einem Kartonteller, und brachte ihn auf ihr schönes Ehebett. Dort fing sie an zu schmatzen mit ihren sehr schlechten Zähnen, von denen sie nicht mehr viele hatte, aber mit dem sehr schön geschminkten Mund während sie mit mir redete, sich zwischendurch den Speichel leckte, die Augen rollte und sich mit Fett und Sauce bekleckste. Auch mir brachte sie einen solchen Teller voll und so assen wir zusammen auf ihrem Bett, nicht etwa an einem Tisch oder in der Küche. Anfangs wollte ich ihr ausweichen, aber was will man dagegen tun? Bald mochte ich sie dennoch ziemlich gern. Sie konnte mich immer aufheitern. Trotz allem. Das liebte ich sogar an ihr. Sie war immer fröhlich und wir haben viel gelacht. Ich bewunderte ihr schönes weissblondes, gewelltes und hübsch geschnittenes Haar, ihre blauen unruhigen Augen, die ständig im Raum umherschwirrten, die fein lackierten Nägel, ihre feine weisse Haut. Sie badete in Milch, damals.

Manchmal, an einem freien Tag, fuhr ich mit ihr in meinem Wagen, einem Honda Civic, um Wohnungen anzusehen. Wir fuhren in der Gegend herum und suchten die Adressen. Traurige Wohnblöcke in schlechten und besseren Quartieren. Vergebens. Immer kam sie bald wieder zurück während ich im Auto unten wartete. Nichts. Sie wollte keine Treppen. Sie braucht Lift. Sie will nicht ins nahegelegene Örlikon, denn dort hat sie eine Feindin. Sie will nicht im derzeitigen Quartier bleiben, sondern in einen anderen Stadtkreis, aber nicht Kreis 9 oder 10, denn dort sei es bekanntlich nicht schön. Sie will nicht für eine 1-Zr.Wohnung Fr. 900.- bezahlen, das sei zu viel. Die für Fr. 700.- ist ihr wieder zu klein. Sie will auch kein Zimmer, nicht mit andern teilen. Und sie hatte zudem diesen kleinen weissen Hund, Leila hiess er. Der ist ihr schon ein paar Mal ausgerissen und sie fand ihn erst Tage später wieder. Fortan wurde er an ihrem Wägelchen angebunden.

Diese Probleme verstand ich allerdings und wieder tat sie mir leid. Ich sehe hier in ihr nicht nur die Immigrantin. Ich sehe sie auch als Frau. Es war einmal eine schöne Frau die gewiss mit anderen Hoffnungen in die Schweiz gekommen und gescheitert ist. Nun, die Wohnung wurde geräumt und sie zog vorerst ins Marta-Haus in Zürich unten. Dort sah ich sie dann noch manchmal am Limmatquai mit ihrer Leila sitzen. «Lila und Leila» lächelte sie mir zu. Die Sonne schien warm und sie sass unter einem Baum vor der Bierhalle Wolf und konnte sogar gratis etwas Musik hören. «Und Uli, fragte ich sie, wie geht es ihm, ist er immer noch böse?»

Der Lohn des Kaninchens

Eine wahre Geschichte / Fabel

Am Rand einer großen, modernen Stadt, in der Schweiz, lebten zwei junge Kaninchen. Es hielt sie eine Mischlingsfamilie (Schwarze, oder Afrikaner), welche erst kürzlich, vermutlich aus Tunesien, oder aus Santo Domingo zugezogen kam.

Die Leute hatten kaum Zeit für die Tierchen. Im Gegenteil hatten sie ständig Besuch ihrer großen weitverzweigten Verwandtschaft, und dazu noch von vielen anderen Freunden. Dabei hatten sie auch zwei kleine Mädchen, welche zusätzlich Kinder zu Besuch brachten. Diese kamen vom nahegelegenen Schulhaus und tollten mit ihnen im Garten herum, der bis anhin der Nachbarin allein zur Verfügung stand, weil in der zuvor eingerichteten Wohnung Büros waren und an Architekten vermietet war. Nimmt denn das kein Ende mehr, fragte sich die Frau welche nebenan wohnte.

Durch den Spektakel, welche diese neuen Mieter verursachten, wurde die Nachbarin aufmerksam. Sie begab sich auf die Nachbarswiese, und entdeckte in einem kleinen Gitterkäfig zwei junge schwarze Tierchen. Eine Wasserflasche hing im Innern sodass die Häschen zu trinken hätten. Diese tropfte aber unaufhörlich auf den Käfigboden und alles war nass, und das Stroh aufgeweicht. Sie sah die Not der Häschen und fing an, diesen tagsüber den Gitter-Stall zu putzen, sie zu füttern etc., weil die Tierchen so allein waren und die Leute den ganzen Tag arbeiteten. Am Abend, wenn sie heimkamen, begann der Krach. Die beiden Mädchen holten dann die Tierchen heraus zum Spielen, aber der Stall wurde indessen nicht gereinigt und sie mussten zurück in ihren Sumpf.

Die Häschen waren arm dran, denn sie waren nur in diese kleine Gitterbox gesperrt, welche ständig voll mit ihren schwarzen Kotkügelchen übersät und verstopft war. Dies ohne Spring -und Schlupfmöglichkeit. Der Familienvater meinte zu der Frau: „Wenn Sie das gratis machen wollen, bitte, ich habe nichts dagegen", lachte er. Diese schüttelte traurig den Kopf, denn sie war eine große Tierfreundin.

Die Frau sprach zu den Häschen: „Was macht ihr Süßen nur den lieben langen Tag in eurer kleinen, versumpften Gitterbox? Und ihr kriegt ja nur die Schalen von den Rüben, nur den Abfall, so was!"

„Wir leiden", sprach das Eine, bitte hilf uns, wir werden es Dir tausendfach lohnen", flüsterten sie. „Ja, ja, mit Euren vielen tausend schwarzen Perlen, die Ihr täglich produziert" lächelte die Frau.

„Nein", rief das eine, „mit all unserer Liebe, wir sind doch lustig und werden Dir Freude machen, ich bin ein Glückshäschen", sagte es.
Da ließ die Frau die Kaninchen frei in die Wiese hinausspringen, denn das hatten die Nachbarn auch schon ein paarmal getan, und sie konnte hoffen, dass die Häschen auch wieder in ihren sogenannten Stall zurückfinden würden. Mit einiger Mühe ging das auch vorläufig gut. Die Nachbarn mussten diese jeweils bis spät in die Nacht suchen, und die Frau half ihnen dabei, bis diese wieder in ihrem Stall waren. So schöpften die Häschen auch bald Vertrauen zu ihr. Als das eine Häschen, sie nannte es „Babettli", im grünen Rasen anfing vor lauter Freude hohe Luftsprünge vorzuführen, da verliebte sich die Nachbarin regelrecht in diese Klopfer:

„Ihr seid ja wahre Akrobaten,", rief sie entzückt. Tatsächlich waren diese Luftsprünge mehrfache Pirouetten, das putzige schwarze Tierchen drehte sich zweimal in der Luft, bevor es wieder auf seinen Beinchen am Boden landete. Das Männchen, Roxy, war auch nicht faul, es kreiste dabei auf der Wiese herum

Es ging etwa noch drei Monate, dann wurde es dem Familienvater der Einwanderer zu viel. Ihre beiden Mädchen hatten zwar ein Spielzeug an den Tierchen, aber später übergab der Mann die Nager an die Nachbarin, auf die andere Seite ihrer Terrasse rüber, denn diese hatte inzwischen einen sehr schönen Kaninchenstall mit

Laufmöglichkeit aus dem Internet gekauft, und diesen kurzerhand zusammengestellt. Diesen brachte sie ihm sogleich rüber. Es wurde schon kühler und es regnete bereits in Strömen, aber der Mann half ihr bei dem Tragen. Sie lebten so noch eine Weile beim Nachbarn. Aber der putzte den neuen Stall auch nicht, weil er schon früh morgens zur Arbeit musste und damit überfordert war. Auch seine Frau, welche zwar später arbeiten ging, machte auch keine Anstalten die Arbeit zu übernehmen. Sie schlief immer am Morgen, lackierte sich abwechselnd die Fingernägel in Gelb und Rot, oder las in Boulevard Blättern. Sie orientierte sich am amerikanischen Luxus-Style. Ihre zwei Mädchen kopierten das und starrten unentwegt in Kid-Sendungen am TV. Manchmal hörte man Krach drüben. Dann kam die Übergabe. Es war schon Herbst.

Am neuen Ort nebenan, lebten die Tierchen glücklich auf. Sie hatten jetzt einen richtigen großen Stall aus Holz, der von nun an immer sauber war und bald darauf bekamen sie noch eine große, leicht verglaste Galerie angebaut. Dort sprangen sie rauf und runter, immer munter. Von da an duftete es immer fein im Stall, nach frischem Heu, Stroh und Gras.

Jedoch es kam anders. Die Nachbarn kauften sich bald 2 junge Kätzchen, für welche sie aber wiederum keine Zeit hatten. Es währte nicht lange und die beiden Katzen rannten rüber zur Nachbarin. Die Kaninchen lebten inzwischen frei in Stall und Wohnung zum Schutz vor der Kälte der Nacht. Jeden Tag überzog sie den Stall mit Wolldecken. Es wurde immer kälter, es war jetzt Spätherbst. Jetzt wollten die Kaninchen nachts bereits lieber in der Wohnung bleiben, und kamen eilig durch die Balkontüre hereingesprungen. Das eine Kätzchen kam aber auch, fand auch bald heraus, wo sie das Futter bei der Nachbarin stehlen konnten.

Und die Kätzchen fingen an die Kaninchen zu jagen. Sie drangen mit Anlauf zur offenen Terrassentür ein und kletterten bald schon in die offene Galerie, sogar bis in den offenen Stall hinauf. Da alles offen war, konnten natürlich die Hasen immer fliehen, unten rein oben wieder raus und umgekehrt, zurück in die Wohnung. Jetzt wurde der Stall zwischendurch mit Schlösschen verriegelt, damit die Nachbarkinder die Hasen nicht mehr herausholen konnten.

Es war vielleicht schon zum Lachen, denn die Hasen entdeckten bald die Katzenklappe an der

Terassentür, und kamen so am Abend immer rein eilig in die Wohnung. Etwa zweimal zwölf Kügelchen ließen sie der Frau dabei schon in der Wohnung liegen. Aber was war das schon, ihr Geruch war nicht unangenehm, die kleine Lache ihrer Pisse roch nach Salmiak und dies ist ein sehr erfrischender Duft, wenn man ihn gleich wieder aufwischt, wenn man so will. Der Boden war in Laminat und das Ganze ließ sich leicht aufputzen. Das ging schnell.

Die Tierchen waren gewiss intelligent! Und sie liebten die Musik der Frau, immer wenn sie spielte, kam ein Häschen hinter ihre Fersen und knabberte daran, rannte ihr um die Beine und spitzte die langen Ohren, und machte das Männchen. Das beweist zudem, dass Häschen musikalisch sind. Nicht vergebens haben sie diese langen Ohren. Es wurden ihre besten Zuhörer! Sie liebten die sanften Key-board Klänge. Es gab da einen Song, bei dem tönte es manchmal „dipp, dipp", das war ihr Rhythmus und ihr Lieblingsstück.

Beim Eindringen der fremden Katzen verkrochen sie sich jeweils hinter dem Baumstrunk, den ihnen die Frau in die Wohnung gelegt hatte, aber das nützte nicht viel. Die eine Katze jagte sie in der ganzen Wohnung herum.

Die Frau stand dabei und fasste vorerst mal nach einem langen, dünnen Stäbchen, ein Überbleibsel von einem Feuerwerk, und berührte damit ein wenig die Flanke des frechen Kätzchens. Dieses aber begann mit dem Hölzchen zu spielen, war zwar damit etwas abgelenkt, aber nicht groß beeindruckt. Die Frau hoffte, dass das schon besser wird.

Jetzt kam aber der Hauskater der Frau dazu. „Was macht ihr denn da?" Er stellte sich vor die beiden Eindringlinge. Die Katze sprach:

„So, what a had to do de da"

"Wir wollen auch spielen!" Aber der bejahrte Kater war gar nicht understanding.

Ich bin ein alteingesessener britischer Edelkater, mit Stammbaum, sozusagen ein „Vonli", und wohne bald 20 Jahre hier, E-au. Märäng!"

Die Katze gab effektiv den Laut „Märäng" von sich, deshalb nannten sie ihn in seinen Zuchtpapieren: „Von Merowingen*

Er bekräftigte: „Das ist meine Wohnung, mein Garten, und nur selten hat ein anderes Tier Zutritt zu meinem Refugium. Mit Häschen jagen ist jetzt Schluss, weder in Wohnung noch in der

Galerie, noch in der Wiese, wo doch die Hasen so gern sind, E-au". Die kleine Katze rief: „Das ist asozial!" Der Kater knurrte: „Ich bin kein Sozialist und auch kein Gut-Kater. Also geht mir aus den Augen, und Du kleiner Frechling, geh wo Du hingehörst. Gibt man Dir den kleinen Finger, so nimmst Du gleich die ganze Hand. Aber ich bin gutmütig, wenn Du erst mal brav geworden bist, kannst Du ja ab und zu wiederkommen, E-au".

Er stand da, breitbeinig, stämmig die Schultern hoch aufgerichtet, wie aus Stein gemeißelt. Er knurrte nicht mehr, aber seine Augen glühten wie zwei Rubine in der Nacht, wo sie doch sonst so schön bernsteinfarbig leuchteten.

Frauchen guckte verwundert und nickte: „Du weißt noch was Recht ist, wir lassen uns nicht verdrängen". Auch die Häschen hinter dem Baumstrunk, vor dem roten spanischen Prunk- Hochlehner-Sessel, machten große Augen. Sie schielten verstohlen zur Frau hinüber: „Bitte hilf uns". Und sie hoben ihre Köpfchen in Schräglage.

Langsam wichen die fremden Kätzchen zurück. Sie bekamen auf einmal Angst vor dem großen und schon sehr alten Kater, er hatte nun eben 20 Jahre. Über Nacht, oh Wunder, war auf einmal

Ruhe. Am nächsten Morgen bemerkte die Frau, dass nur noch ein Kätzchen drüben war. Das eine war in der Nacht verschwunden. Die Nachbarn irrten im Garten umher und suchten ungeschickt herum, gaben es aber bald schon wieder auf.

Die Plage hatte plötzlich ein Ende genommen. Ein paarmal drangen die Schwarzen nochmals in den Garten der Nachbarin, um ihre Katze zu suchen, natürlich mit ihrem landesüblichen, lauten Geschrei, so etwa wie aus dem Urwald. Aber das hatte jetzt alles ein Ende.

Und das verlorene Kätzchen? War es entlaufen? Ja leider, sie wurden nicht fündig. Die gute Frau half ihnen noch fleißig beim Suchen, kontaktierte die umliegenden Nachbarn. Vergebens. Aber es war Ruhe eingezogen, für die Hasen und eben vor allem für die Frau. Dies war der Lohn der Kaninchen, welche die Frau so sehr liebte, und die ihr endlich wieder ihre Ruhe bescherten.

Privat-Party

Ich war wieder einmal zu Besuch bei Ferdinand, meinem alten Coiffeur. Dies nicht eigentlich wegen der Frisur, sondern eher um der Einsamkeit zu entfliehen, und um etwas angenehme Gesellschaft zu haben. Er schwärmte von Anlässen auf ganz privater Basis. Die würden ihn immer aus der Misere herausholen.

An eine solche Party wurde ich von ihm mitgenommen. Es war in einer Villa am Zürichberg, mit Aussicht über die ganze Stadt, wo der Hausherr mit seiner privaten Band jeden Freitagabend aufspielte. In ihrem Übungslokal, sozusagen im Keller unterhalb der Villa, wurden wir freundlich empfangen, eine weitere Vorstellung gab es nicht unter den bereits zahlreichen Gästen. Die Band spielte Old Jazz und sie nannten sich: „New-Orleans-Jazz Hall Club". Der Hausherr gefiel mir auf Anhieb. Er war groß, schlank, hatte graumeliertes dichtes Haar und er hatte so ein gewisses Etwas im Auftreten, so leicht wie eine Feder. Unter den fremden Gästen fühlte ich mich auf Anhieb wohl.

Aber in den Pausen, wo alles im Vorderraum zusammensaß, da ließen sie mich nie in die Nähe des Hausherrn sitzen. Er war immer dicht umzingelt von schwedischen Ärzten. Das ist schon komisch, nicht wahr. Der Host spielte die Trompete und in seiner Band spielten noch eine Tuba, zwei Banjos, ein Kontrabass und das Schlagzeug. Die Band bescherte uns jedes Mal einen Hochgenuss im Zuhören sowie auch zum Tanzen. Es wurde aber sehr distinguiert getanzt und es ging immer mit sehr viel Anstand zu und her.

Da ich ja nun in Begleitung des Coiffeurs eingeführt wurde, fragte ich einmal den Host, ob ich
denn auch mal allein kommen dürfte. Er bejahte
dies sehr erfreut: „Alle sind immer herzlich will-
kommen".

 Der Fürst, so hieß der Coiffeur, konnte nämlich
nicht jeden Freitag kommen, denn da hatte er gerade die meiste Kundschaft, welche er in seinem
Privatsalon bediente. Seinen offiziellen Salon
hatte er an einen Goldschmied verkauft, und
konnte so oft nach Asien reisen. Er zeigte mir
manchmal Fotos von asiatischen Mädchen, alles
noch kleine Kinder, kaum älter als 10 Jahre und
ich war verblüfft über die Nacktheit dieser Bilder.

Das war nicht der Geschmack für ein künstlerisches Auge. Und das ließ obendrein böse Ahnungen aufkommen. Ich ging bald auch allein an diese Musikevents. Der Fürst schöpfte unterdessen Verdacht, ich könnte es auf den Trompeter abgesehen haben.

Wieder einmal bei ihm eingeladen, machte er an mir einen sonderbaren Test. Er hieß mich auf einer Massageliege Platz nehmen und ich willigte spielerisch ein. Ich wollte ja kein Spielverderber sein. Dann erschien er mit einem magischen Ring, welcher mit Farbwechseln die Emotionen testen konnte. Wird er Rot, so wäre das Liebe, Blau, die Treue, Grün die Hoffnung und so weiter. Ich zog den Ring an und er ging für ein paar Minuten aus dem Raum. Als er dann den Farbstein prüfen kam, war er natürlich enttäuscht, denn ich versuchte absichtlich an nichts zu denken als an mich selber und völlig ruhig zu bleiben. Er murmelte nur etwas und sagte: „Komm es wird Zeit, gehen wir an die Party". Ein andermal konnte er wieder nicht kommen, und ich ging allein hin mit einem frisch gebackenen Kuchen.

So saß ich manchmal vor der Band, während der Trompeter immer mit seinen feinen schwarzen Lackschuhen den Takt klopfte. Dabei warf er mir ganz verstohlen nur, stets verliebte Blicke zu. Und ich begann auch mit meiner Fußspitze den Takt zu wippen. Dabei sahen wir uns in die Augen. Das war hoch erotisch. Aber in ein Gespräch kam ich nie mit ihm, aus den obgenannten Gründen. Nur am Schluss der Party, wenn er allen Gästen freundlich die Hand zum Abschied reichte, gab es einen etwas längeren Händedruck, er lächelte, und so etwas sehr Freundliches war auch in seinen Augen: „Auf Wiedersehen, bis zum nächsten Mal".

Der Mann lebte völlig allein in seiner Villa, war zwar verheiratet, aber seine Frau war schwer krank, und lag mit Parkinson in der speziellen Klinik gleich unterhalb am Zürichberg. Dies war auch meistens der Inhalt der Gespräche, die so die Runde machten. Der Host besaß immer einen munteren Eindruck, aber man sagte, dass er deswegen sehr traurig sei und seine kranke Frau jeden Tag besuchen gehe.

Eine Frau unter seinen Fans stürmte immer in den Zwischenpausen hervor, zu dem Trompeter, duzte ihn, umarmte und verküsste ihn, und hatte immer viel mit ihm zu reden. „Das könnte ich ja auch, aber was soll ich mehr sagen, als dass mir die Musik gefällt". Ich kam ins Gespräch mit dieser Frau, Norma hieß sie. Sie war keine ausgesprochene Schönheit, hatte aber etwas Eigenes an sich. Klar, denn sie war Italienerin und alle Italiener haben etwas an sich. „Ist sie vielleicht seine Freundin, ein solcher Mann braucht doch immer eine Frau" mutmaßte ich.

Einmal ließ ich ein Zündholzbriefchen mit meiner Adresse und Tel.-Nummer auf dem Gästetisch zurück und hoffte, dass er es finden würde. Zustecken wollte ich es ihm nicht, sondern den Zufall etwas spielen lassen. Verflixt, es wurde schon gefunden, aber von jemand anderem. Ich bekam einen Anruf von einem seiner Freunde, der wissen wollte, ob ich dieselbe sei, mit welcher der Host einmal zur Schule ging, denn der Name sei identisch. Ich musste verneinen. Und ich begann zu studieren. Wieso das, wieso spioniert man mir nach und wieso blockt man ihn ab?

Seitlich an der Wand, direkt neben den Bläsern, stand ein altes schwarzes Klavier. Ich ging hin und klimperte etwas darauf. Einen einfachen Blues. **„Silver City Bound"** aus 1959, von Huddie Ledbetter. Dann etwas von Sidney Bechet: „**Blues in The Air"** Dieses Stück liebte ich so sehr. Die Musiker fragten mich, ob ich mal mit ihnen mitspielen möchte. Dabei dachte ich nur, dass ich so näher bei dem Trompeter sitzen könnte, und ich probierte es, obschon man mich kaum hörte, denn es war laut, sehr laut. Man gab mir den Rat den Deckel des Klaviers zu öffnen, aber es half mir nichts. So gab ich es wieder auf.

In den Pausen setzte sich immer einer der zwei Banjo-Spieler zu mir, anstatt dass ich einmal hätte neben dem ersten Trompeter sitzen können. Ich war freundlich und nett mit ihm, aber es passte mir gar nicht, doch die anderen waren sehr zufrieden damit. Man holte mich zum Tanz und so gefiel das allen.

Der Banjospieler, er war der zweite, legte manchmal eine Pause ein, und holte mich zum Tanz. Eines ihrer schönen wie auch traurigen Stücke erklang: **„Trouble in Mind"** (Keith Richards) ein Blues aus den USA.

„Trouble in mind, I'm so blue, but I wan't be blue always, cause the sun, gonna shine from my backdor, someday.

Don't step on
my blue suede shoes

Aber ein paarmal stand ich ihm auf die Füße,
und hoffte, ihn so etwas abzukühlen.

Es war an einem Frühlingsabend als ich wieder
das Lokal betrat, und mit Erstaunen feststellte,
dass eine traurige Stimmung herrschte. Die Band
eröffnete mit dem „**Marche Funèbre**, von
Fréderic Chopin. Ich erfuhr, dass seine Frau gestorben war. In der Pause redeten die Schweden
heftig auf den Trompeter ein und dieser, eingeklemmt von ihnen, machte einen gar trübseligen
Eindruck. Nach der Pause nahm die Band wieder

ihr offizielles Programm auf und Norma meinte: „Er braucht das, er ist so allein, und wir telefonieren oft miteinander". Aber seine verstohlenen Blicke zu mir hinüber entgingen mir nicht, sie waren immer noch da. „Er könnte doch auch mich einmal anrufen, aber nun, wo er in der Trauer ist, wird er es wohl weniger. Mal abwarten, jetzt musste erst sein Trauerjahr vergehen, und ich wollte nicht unhöflich sein.

Auf der nächsten Party kamen sehr beleibte, schwarze Frauen (Afrikanerinnen) angetanzt, schwabberten im Lokal herum, und scharten sich um ihn. Die Partys gingen weiter. Einmal las ich in einer Tageszeitung ein Inserat: „Gutsituierter Wittwer sucht eine Frau mit großer Wohnung". „Aha, das könnte ein Inserat von ihm sein", dachte ich und ich begann zu überlegen:

„Es muss etwas mit den Finanzen zu tun haben. Wenn der Host hohe Hypotheken auf seiner Villa hat, und vielleicht hoch verschuldet ist, kann er nicht mehr die Miete bezahlen. Jetzt sucht er einen Ausweg um sein Haus zu vermieten". Man sagte mir, er sei ein ehemaliger Banker, also könnte er sogar mit Aktien etc. Geld verloren haben. Er weiß längst, dass ich nur eine kleine Wohnung habe, und da könnte er nicht einmal üben.

Ich war für ihn tabu. Der Banjo-Spieler setzte sich wieder zu mir und ich fragte ihn, was der Trompeter wohl so allein in seinem Haus mache: „Er sitzt zuoberst in einem Zimmer mit einem großen Fernrohr und schaut über die ganze Stadt". „Was sieht er da wohl?" „Er schaut den Adlern nach", lachte dieser.

Es kam die große Sommerpause, und ich sah ihn eine Weile nicht mehr, nur der Adler, der wirklich über dem Zürichberg kreiste, den sah ich auch und schaute ihm nach. Ein paarmal telefonierte ich mit dem Host. Ich fragte rundheraus, ob die Norma seine Freundin sei. Er verneinte energisch. Weiter fragte ich, wie es ihm so ginge.

„Mir geht es gut, und wie geht es ihnen?"-

„Ach mir geht es auch gut, aber was ist mit ihnen?" „Ja mit mir, wie soll man sagen? „Sind sie oft traurig, und allein?" „Ich fühle mich nicht so", gab er zur Antwort. „Aber Norma sagte mir, dass sie es wären", ergänzte ich. „Ach wo, die weiß gar nichts". So verlief in etwa die Konversation. Wie soll man seine Scheu überwinden? Wir waren es beide. Er rief nie zurück und ich wusste, das muss ich vergessen.

Das ist die
Schere, Baby

Nach der Sommerpause gingen die Partys wieder
weiter. Es erschien nun auf einmal eine neue
junge Dame unter den Schweden. Diese wurde
auffällig vor dem Trompeter zu Tanz geführt. Er
führte sie immer vor seiner Nase herum. Das war
offensichtlich Braut-Werbung. Die Mutter der
jungen Dame, auch eine Schwedin, blickte dem
mit Sperberaugen zu. „Das wird ja immer schöner", dachte ich, „nun wollen sie die junge Frau
mit dem Host verkuppeln. Interessant". Ich nahm
es mit Gelassenheit entgegen. Aber er zeigte kein
Interesse an ihr, nur dass er umso mehr einge-
kreist wurde am Gästetisch, während der Pausen.
Er wurde so verlegen, dass er manchmal den

Wein beim Einschenken ausschüttete, manchmal über den ganzen Tisch, natürlich ohne Absicht. Eifrig wurden Servietten herbeigebracht, und man konnte sich wenigstens beim aufputzen zulächeln. Die Verlegenheit wich, und man gehörte wieder zusammen.

Aber diese Riesenvilla wollten sich die Schweden nicht entgehen lassen, stand diese doch unter Heimatschutz. Es hätte eine Villa von Rainier in Monaco sein können. Traumhaft war diese, mit ihren breiten Treppen zu der Terrasse über dem Garten, und mit dieser Aussichtslage. Man konnte über ganz Zürich hinwegschauen.

Auf meinem Heimweg mit meinem Peugeot fing der Banjo-Spieler an, mich mit seinem Auto zu verfolgen, und dies bis knapp vor meine Haustür. Dann drehte er wieder ab. Langsam gerät die Sache aus dem Ruder, dachte ich.

Dann kam die Meldung, der Fürst sei gestorben. Der Host sagte es zuerst mir. Er betrachtete mich merkwürdig. Bei einem späten Zusammensitzen mit dem Host und seinem Freund, dann, wenn alle Gäste sich schon verabschiedet hatten, sprach ich ein wenig mit dem Trompeter und äußerte mein Bedauern. Er senkte den Kopf: „Das war mein Gast und sie haben ihn sitzen lassen" machte er mir zum Vorwurf. Eine verkrachte Situation! Sein Freund saß schweigsam daneben. Ich murmelte: „Er war nicht mein Freund, er war nur mein Coiffeur". Über das andere schwieg ich. Man soll nicht schlecht über die Toten reden. Sein Kopf ging zur Seite, als ob er mit der Wand sprechen wollte: „Er hat sie eingeführt". Vergebens suchte ich seine Augen: „Ja ich weiß". Und ich biss mir auf die Lippen.

Die Partys nahmen ihren Fortlauf, es wurde weiter höflich getanzt und vorgeführt.

Der Banjo Spieler wurde immer zudringlicher. Obschon es mir manchmal verleidet war, ging ich immer noch hin.

Der Host sagte zu mir: „All diese dicken schwarzen Weiber, die da jetzt aufkreuzen, pfui, puh, was die doch dick und unansehnlich sind". Sie kamen in Scharen und standen in den Pausen um ihn herum.

„Schon verständlich bei eurer New Orleans Musik, dass da die Schwarzen aus dem Delta kommen", meinte ich. „Spielt doch mal etwas englischen Jazz und Blues"! Er wehrte ab: „Wir machen eben nur New Orleans Old Jazz".

Die kleinen Inserate in der Tageszeitung, Rubrik Bekanntschaften, erschienen immer noch. „Die neuen, die jetzt dazukamen, diese Latein- und Afro- Amerikanerinnen könnten auch auf diese Inserate hingekommen sein", dachte ich. Es kamen auch Apothekerinnen, die ich kannte, und Pflegepersonal mit Ärzten.

Wieder einmal spielte ich etwas mit den Musikern an ihrem alten Klavier, aber ich gab es bald schon auf, denn bei der wahnsinnig lauten Blasmusik, konnte ich immer noch kaum hören, was ich selber klimperte. Man gab mir wieder den Rat, den Deckel des Klaviers zu öffnen, dies hätte ihr früherer Pianist auch immer getan. Mir war das zu viel, ich ließ es dabei bewenden.

Der Winter hielt Einzug, und wir trafen mit Schneestiefeln in seinem Tanzlokal ein, sodass wir immer extra Schuhe mit uns nehmen mussten. Der Host trug ja immer seine auf Hochglanz polierten schwarzen und schmalen Schuhe, und nichts hatte in seiner Eleganz nachgelassen. Am 30. Dezember gab er eine Silvester Party. Man verabschiedete sich herzlich, beglückwünschte einander, und auf meiner Heimfahrt verfolgte mich wieder der Banjo Spieler. Um zwei Uhr morgens erwachte ich in meinem Bett wegen einem lauten Knall. Es war kein Feuerwerkskörper, es klirrte vielmehr und ich sprang aus den Federn. Vor mir zeigte sich das Unglück. Mein Spiegel, direkt neben meinem Bett angelehnt, war in tausend Scherben zersprungen. Bei meinem kurzen Schlaf hatte ich etwas von dem Trompeter geträumt. Hatte er mich gerufen, oder wartete er auf mich? Was für ein Schreck, und ich dachte immerzu an ihn. Eine Stunde lang musste ich die Scherben aufsammeln und aufputzen mitten in der letzten Dezembernacht. Ich tat es vor allem wegen meinen Katzen. Aber dann kam der noch größere Schreck. Und ein Drama ging zu seiner Vollendung. Am nächsten Morgen, dem ersten Januar um zehn Uhr, bekam ich einen Anruf von Willy, eines Musikers der Band:

„Der Trompeter ist gestorben! Man hat ihn tot in seiner Wohnung, schon kalt am Boden liegend, aufgefunden"! Alles war bestürzt und man konnte es kaum glauben, dies so kalendergenau zum Jahreswechsel. „Er war Herzkrank und hat vergessen seine Medikamente einzunehmen", hieß es. Lange dachte ich darüber nach, über den Knall des Spiegels, über Magie und Telepathie und über den Tod. Jetzt kam ein Anruf vom Banjospieler, der mich bat, ihn bei sich zu besuchen. Er würde mich dringend bitten. Ich fuhr hin, zu seinem Haus, welches er außerhalb von Zürich besaß, und ebenfalls allein bewohnte. Es war ein hübsches, kleines zweistöckiges Haus mit ein paar kleinen Zimmern und einem sehr großen Gartenumschwung,

Ich landete zuerst in seinem Wohnzimmer, wo alles so verstellt war, dass man kaum Platz fand zum Sitzen. In seinem Obergeschoss war das einzige offene Zimmer vollkommen mit elektrischen Eisenbahnen überbaut. Kaum Platz zum Stehen. „Die anderen Zimmer bleiben verschlossen Sie gehören meinen Kindern", entschuldigte er sich. Und jetzt zeigte er mir die Küche.

Da kriegte ich den größten Schreck meines Lebens. Auf den Tischen war alles mit scharfen Schlacht- und Seziermessern übersät. „Will der mich gar umbringen?" Ich schlotterte am ganzen

Leib, und versuchte, es ihn nicht merken zu lassen. „Er könnte mich mit Leichtigkeit in seinem großen Garten vergraben. Nichts wie raus hier". Ich verließ fluchtartig seine Küche, rannte zum Ausgang, der zum Glück offenstand, zog hastig die Schlüssel aus der Tasche, und fuhr mit meinem Peugeot weg, nach Hause, nur fort von all dem, fort, für immer. So endete meine Party am Zürichberg.

Das Eichhörnchen

Es war im Jahre 1997 als das Hotel Marriott zum ersten Mal eingeweiht wurde.

Wir saßen am Frühstückstisch und Harald schmunzelte: „ich hätte da einen Auftrag für uns". „Was ist es denn?" Eigentlich ganz toll, aber ich weiß noch nicht so recht, ob ich mag. Es ist ein Auftritt zur Eröffnung des Hotels „Marriott, das an der Limmat unten, du kennst es sicher". Er wiegte nachdenklich den Kopf mit seinem inzwischen schneeweißen Haar. Dieses war oben weniger geworden, dafür freute sich etwas anderes darüber, nämlich sein Nacken, welcher von dem seidigen Gefühl geschmeichelt wurde.

„Ja das wäre aber toll, wieso solltest du nicht mögen?" „Weißt du noch, wie ich dir damals erzählt habe von meinem Mandolinen-Auftrag in Adliswil, im Restaurant Grütfarm, Mövenpick? Wie die mir nach meinem Spiel für das Essen anschließend einen leeren Nebenraum zuwiesen, dort allein zu Poulet im Körbchen, während die anderen am großen Bankett im Saal festen durften! Na ja, der Wein war immerhin nicht zu verachten".

Ich nickte: "Ja, das verstehe ich gut, das war dennoch traurig für dich, weil du ja nicht zu zweit warst, also mit dem Wein ganz allein. Das war gewiss ein Fauxpas, sehr gefühlslos". „Eben, meine ich auch, trotzt der Gage, Geld ist auch nicht alles". Er legte eine Pause ein.

Aber ich war schon angefressen: „Du, ich hätte aber Lust auf diesen Event!" Er wollte es mir nicht entgehen lassen oder ausreden. Er lenkte ein: „Also gehen wir". Das Engagement kam eigentlich durch den Zürcher-Mandolinen Verein hereingeflogen, diese sollten einen Mandolinist stellen und er wurde empfohlen. Der Impresario wendete sich an uns, und die Verträge wurden abgeschlossen. Unser Termin wurde auf 19:30 Uhr festgesetzt; denn wir sollten bei den Gästen während ihres Dinners, dem Abend-Essens aufspielen. Als wir ankamen, waren die zwei uns sehr bekannten beiden Mandolinistinnen auch schon da. Sie trugen lange schwarze Röcke. Zu meinem Schreck sah ich sie ihre Notenständer aufstellen! Ganz verblüfft fragte ich: „Die habt ihr aber nur zum Einüben?" „Mal sehen, das stört doch nicht!" Ich war da etwas anderer Meinung aber ich sagte nichts. Harald gab mir auch einen bedenklichen Seitenblick: „Wo sie doch Profis sind hätten sie das nicht nötig, aber vielleicht steckt etwas Besonderes dahinter", und er schüttelte den Kopf. „Lassen wir uns überraschen!"

Die Gäste trafen ein und nahmen Platz an ihren beschilderten Tischen, dann wurde der Champagner serviert. Die Frauen an der Mandoline eröffneten. Es war italienische Musik angesagt. Aber dann spielten sie eine moderne Komposition, welche kaum noch italienischen Charakter hatte. Wir beide fielen einen Moment aus. Dann setzte Harald mit seiner Humms Mandoline, und ich mit der Yahama Gitarre ein, mit „Santa Lucia". Zu viert brachten wir zuerst unsere Tessiner Folklore. Harald stand auf und begann sich hinter die Gäste zu stellen, ich immer an seiner Seite, denn ich stand sowieso immer. Zu zweit bewegten wir uns durch die Gäste, und die zwei anderen Damen legten eine Pause ein. „Geht das mit deinen Beinen?" flüsterte ich ihm zu. „Ja, es ist besser geworden, muss mich nur immer bewegen. Während wir hinter den Gästen spielten, kamen ihre Musikwünsche zu uns hoch, und wir spielten kreuz und quer wie in einem Potpourri. Mal dies, mal das, und gingen gleich wieder zu etwas anderem über, wenn die Gäste schwatzten. Aber es gefiel ihnen sehr. Harald gab mir immer schnell die Tonart durch, und ich begleitete. „Komm, da hinten sehe ich jemand!" An einem kleinen Tisch, ganz hinten im Saal, sah ich einen kleinen Mann in schwarz, allein mit einer Flasche Wein. Bald standen wir vor ihm: „Ja schau mal, wen haben wir denn da?" begrüßte uns das Männchen. Harald klopfte ihm auf die Schulter: „Grüss dich Kapellmeister, alter Knochen"!

„Willst du uns etwas singen?" fragte Harald. „Du spielst aber mit", rief der alte Freund auffordernd! „Was denn?" „Das von der neapolitanischen Seilbahn", flüsterte er. Harald gab den ersten Ton an. Maurizio stand erfreut auf, ordnete etwas seine kleine Fliege und begann fröhlich mit: „Funiculi, Funiculà". Das ging schnell und immer schneller. Der Sänger konnte bei diesem Lied so richtig seine Höhen ausschöpfen im Tenor. Wer wäre da nicht ins Schwärmen gekommen? Das weltbekannte neapolitanische Volkslied wurde von Luigi Denza, und Text von Peppino Turco im Jahr 1880 am Hang des Vesuvs komponiert, anlässlich der Einweihung der „Funicolare".

Gestern Abend, Mädchen, bin ich hinaufgefahren, weißt du wohin? Wo dieses undankbare Herz mich nicht mehr kränken kann! Wo das Feuer brodelt, aber wenn ihr flieht, lässt es euch. Es läuft dir nicht hinterher, es macht nicht müde, in den Himmel zu schauen....Wir fahren rauf – rauf – wir fahren rauf, wir fahren, funiculi, funiculà*·!

Nach seinem Vortrag verneigte er sich tief und schwenkte die Arme. Die Gäste applaudierten kräftig. Dabei sahen sie sich schon nach dem Kellner um, weil sie frischen Wein bestellen wollten. Der Süden kroch ihnen förmlich in die Kehlen, solcher Art bekamen sie Durst. Dann setzte sich Maurizio wieder und wir setzten uns zu ihm. „Was hast du denn da in deiner Brusttasche, ist das ein Eichhörnchen?" Er schmunzelte und zwinkerte mit seinen schwarzen Augenwimpern: „Ja wohl, das habe ich immer bei mir, es passt auf meine goldene Taschenuhr auf, dass sie mir nicht gestohlen werden kann!" Er grinste übers ganze Gesicht. „Und das bleibt immer bei dir?" „Es wird nicht auf den Tisch springen, wenn ihr das meint. Es geht nie von mir weg, aber sieh, es hat eine kleine Leine um den Hals. Seit ich es aus einer Zoohandlung in Luino gerettet habe, ist es mein treuster Freund geworden". Noch einmal gingen wir zurück zu den zwei Mandolinistinnen. Wir spielten wieder mit den beiden zusammen und einige Gäste erhoben sich zum Tanzen.

Die ist mir ein Rätsel!

Sie trugen ihre elegante, und teils ausgefallene Garderobe zur Schau. Eine Dame mit großem Federhut, trug ein kariertes Kleid mit großen Buchstaben in den Karos. Es sah aus wie ein Kreuzworträtsel. Auf einer Linie stand Esel.

Ich führe!

Ich beobachtete weiter, und schrummte dabei über meine Gitarre und gab den Rhythmus. Dass ich dabei lachte, wurde mir von keinem verboten, das war ja sogar gefragt, die gute Miene. Es waren zumeist sehr elegante Tänzer und es war vorerst Damenwahl. Eine Dame war überaus beleibt, und ihr Tänzer hatte förmlich Mühe sie zu führen. Bei Damenwahl spielt der Größenunterschied oft

einen Streich. Ganz lustig war es mit einem kleinen Tänzer und einer Dame über 1.80 Meter.

Aber ein Herr muss immer höflich sein, zumal er
von der Chefin aufgefordert wird! Und er kann
sich nicht wehren und den Ausgang kann er auch
nicht schnell genug finden, da war er ihr ausgelie-
fert, aber er schrie nicht um Hilfe. Manchmal ist
die Chefin zu groß, oder trinkt gern.

Alkohol!

Auch das Glück ist manchmal etwas wankelmü-
tig. Bei einem anderen Paar geriet die Dame in
Schräglage, und der Tänzer befürchtete das
Schlimmste. Beinahe hätte er sie fallen gelassen,
als diese ihren Halt verlor.

In einer Pause während unseres Auftritts, begab
ich mich in die oberen Etagen. Da war eine große
Bühne mit einer Rockband. Nicht dass ich den
Saal betreten hätte, das wäre ein Stilbruch gewesen. Dennoch hörte ich fasziniert zu. Es gefiel mir
sogar. So betrachtete ich die Szene vom Ausgang
her. Es dröhnte der Rock 'n' Roll durchs ganze Gebäude.

Schnell ging ich wieder runter, wo ich Harald bei dem Kapellmeister am Weintrinken sah. Ich ließ mich zu ihnen nieder, froh etwas auszuruhen. Dann wollte Harald plötzlich aufbrechen: „Gehen wir! Genug für heute, lass doch die anderen, wenn sie nicht genug bekommen können. Kommst Du?" Zu dritt schlenderten wir durch den Kies vom Blattspitzpark und genossen die warme Sommernacht. Wir hatten noch lange den Jailhouse Rock in den Ohren. Aber der eigentliche Star des Abends war das Eichhörnchen, welches niemand bemerkte. Dieses wurde im Spazieren fleißig mit Erdnüsschen verpflegt.

Jailhouse Rock

woher kommt dieser Luftzug?

Ein frischer Wind erhob sich und wehte durchs Blätterwerk, so richtig zum Durchatmen.

Harald starb leider noch in diesem Jahr. Aber er versicherte mir, dass dieser Auftritt, sein letzter, ihm große Freude gemacht hätte.

Dies ist das zweite Buch von:

Erica-Laurence Schneeberg

Im Verlag BoD aus 2019:

- Der Musiker und seine Begleitung
- **Alles ist schwer,** 2te Fassung
- Die Jukebox

Good times bad times